信者ゼロの女神サマと始める異世界攻略
Clear the world like a game with the zero believer goddess
灼熱の勇者とラミアの女王
7
大崎アイル
Isle Osaki
(illust) Tam-U
「もう！　何やってるのよ、マコトったら」
ノア

アヤ
マコト
「高月くんに何するのよ！」

「はじめまして……
水の国《ローゼス》の勇者さん。
私と殺し合わない？」
オルガ

眠たげな声を上げ、見覚えのある女性が伸びをする。
最後に会ったのは、水の神殿。そして、元の世界ではクラスメイトだった。
「あれ……アヤ？
なわけないかぁ、これは夢ね」
河北ケイコ

信者ゼロの女神サマと始める異世界攻略

7．灼熱の勇者とラミアの女王

大崎アイル

OVERLAP

7. burning brave and the queen of lamia

CONTENTS

イラスト／Tam-U

プロローグ　ソフィア王女の憂鬱

◇ソフィア・エイル・ローゼスの視点◇

――木の国《スプリングローグ》にて魔王の復活を阻止するため、勇者が犠牲となった。

その報告を聞き、私は卒倒するかと思いました。王都で待っていられず、私は木の国《スプリングローグ》へ急行した。

旅の途中で、入ってくる悪い続報の数々。

・千年前に悪名を轟《とどろ》かせた上級魔族セテカーとシューリの復活
・獣の王『ザガン』の軍勢が木の国《スプリングローグ》へ入り込んでいた
・それらに蛇の教団が裏で糸を引いていた
・風樹《マキシミリアン》の勇者と水の国《ローゼス》の勇者が石化の呪いにかかったこと

（……なんてこと。レオナード、マコト……どうか無事で）

私は眩暈《めまい》を覚えながら、レオやマコトが居るというカナンの里へ到着した。

◇

「……高月《たかつき》くん、起きないね」

「……マコト、目を覚ましてよぉ」

アヤさんとルーシーさんが、一体の石化した人間の傍《そば》で項垂《うなだ》れている。その石像の顔には、一枚の白い布——これは水の国《ローゼス》では死者に対して行う風習だ。

（そ、そんなっ……）

私は、ふらふらと床に頽《くずお》れた。ああ、……私が勇者マコトを木の国《スプリングローグ》へ行くように伝えたばかりに、こんなことに……。

「うーん、おかしいわねー。呪い解除の秘儀『月の息吹《ブレス》』を使ったんだけど、なんで復活しないのかしら？」

月の巫女《みこ》フリアエが、ぺしぺしと石像の額を叩《たた》いている。死者になんてことを！

「ねぇー、ふーちゃん。その白い布は縁起が悪いから取ろうよー」

「そうなの、アヤ？　でも、その白い布が魔道具なんでしょ？　じゃあ、そのままにしておいたほうが良いんじゃないかしら」

あ、あら……？　泣き崩れていると思ったルーシーさんとアヤさんが、思ったより普通の口調だ。私は、恐る恐る三人が会話するほうへ近づいた。

「おーい、フーリちゃん。もう一人『石化』の解除お願いしていいかー？」

「あー、もう！　忙しいわね！　ほら、解除したわよ」

（え？）

月の巫女が、石化の呪いがかかった人間に触れただけで、その人の石化の呪いが解けてしまった。

「お、おお……俺は一体……」

石化から目覚めたエルフが、自分の身体《からだ》を不思議そうにぺたぺた触っている。

「しばらくは様子を見るから、丸一日はその辺のベッドで寝といて。後遺症がなければ、退院してよし！」

手際よく呪い患者に指示を出している月の巫女《フリアエ》。

「私の出番がありませんねぇ……、本当に凄《すご》い使い手」

ふと隣から声が聞こえて振り向くと、見知った顔が立っていた。

「木の巫女《フローナ》さん」

「遠路はるばる、ようこそお越しくださいました、ソフィア王女。ハイランドの学院の卒業式以来ですね」

微笑《ほほえ》むのは木の女神《フレイア》の巫女フローナだった。ただし、その顔には疲労の色が滲《にじ》んでいる。

「随分、お疲れのようですが大丈夫ですか……？」

「あわや木の国《スプリングローグ》が滅ぶかもしれないという事態でしたから……戦士の皆様の苦労に比べたら私のことなど些末《さまつ》なことです。ご挨拶も十分にできず、申し訳ありませんが負傷者が大勢いますので、失礼いたします。里長《さとおさ》は、あちらにおられますので」

木の巫女《フローナ》は、足早に去っていった。私はカナンの里長に挨拶をして、回復魔法が使える水聖騎士団の団員には、怪我人《けがにん》の治癒に協力するように命じた。

そして、私は石化している勇者マコトの許《もと》に改めて向かった。

「高月くーん、起ーきーろー」

アヤさんが、マコトの石像に馬乗りしている。

「ちょっと、アヤ。あんまり揺らさないほうがいいんじゃないの？」

「でも、もう四日目だよー、るーちゃん！　待ちくたびれたよぉ！」

「はぁ、他の石化した連中なら、一秒で治せるのに、なんで私の騎士の呪いは全く解けないのかしら……」

石化した高月マコトの許に、三人の美女が揃《そろ》っている。婚約者としては、嫉妬する状況なのかもしれませんが……。

（当の本人が石像ですからね……）

何とも言えない気持ちになる。

「あら、ソフィア王女？」

ルーシーさんが、こっちに気付きました。

「ソフィーちゃん、高月くんが心配で来たの？」

「え、ええ……、それで勇者マコトは……？」

私は緊張しつつ、三人の所に近づいた。

「戦士さん、そろそろ私の騎士の石像から降りなさい。あんまり揺らすと割れるわよ」

「はいはーい」

アヤさんが、石像から降りた。

「皆さん、この度は大変な事態だったようですね。無事そうでなによりです……勇者マコトを除いて」

私は、石化した高月マコトを覗《のぞ》き込んだ。石化の魔眼を所持している恐ろしい魔族と戦ったマコトはどんな恐怖の表情を……

「笑顔ですね、勇者マコト」

石化した勇者マコトは、世間話でもしているような穏やかな表情だった。

「うーん、マコトと会話してたセテカーって魔族は、『もっと会話したかった』とか言ってたっけ」

「うんうん、なんか仲良さそうだったよね。遠くから見ただけだけど」

ルーシーさんとアヤさんが、おかしなことを言っている。

「魔族と仲良くって……、女神教会に見つかったら速攻で異端審問にかけられるわよ」

呆《あき》れ果てた表情で月の巫女《フリアエ》が言った。彼女は太陽の国《ハイランド》の神殿騎士《テンプルナイト》にずっと追われていた。そのため、女神教会を嫌っている。

「それで、勇者マコトの石化の呪いは解けそうですか？」

私は月の巫女《フリアエ》に尋ねた。

「徐々に呪いが薄まっているのは感じるから、あと数日で目覚めるんじゃないかしら」

フリアエがその白磁のような指で、勇者マコトの石像の唇を撫《な》でている。

……彼女の何気ない仕草全てが艶っぽい。女の私ですらドキリとするほど。月の巫女《フリアエ》が、恋敵でなくて本当によかった……。その時、後ろから誰かが走ってくる音が聞こえた。

「姉さま！　木の国《スプリングローグ》に来ておられたのですか!?」

「レオ！」

弟が駆け寄ってきた。私はその頭を強く抱き寄せた。

「レオ……。大変でしたね」

「姉様！　申し訳ありません、僕がついていながら、マコトさんが……！」

「レオ、いいのです……」

恐らく先ほどの木の巫女と同じく、怪我人の世話をしていたのでしょう。レオも疲労を隠せていない。

「少し休みなさい。木の国《スプリングローグ》の援助は、私と同行した水聖騎士団と、後続の軍も手配してあります」

「は、はい……ありがとうございます」

フラフラと、護衛の騎士に見守られながらレオは帰って行った。

（レオには休養を取らせた後、一度王都《ホルン》に戻るよう伝えましょう。父様と母様も心配していましたし……）

国王である父と王妃の母は、簡単には王都を離れられない。しかし、レオの居る場所に魔王が復活しかけていると聞いて「今すぐ全軍を率いて、討伐に行くぞ！」と取り乱していましたからね……。無事な姿を見せないと。

その後、数日をカナンの里で過ごし、勇者マコトが無事目を覚ましました。


数日後。

高月マコトは、体調が全快するまで安静にしている必要があるのだが。

「あの……休んでいなくてよいのですか？」

目覚めたその日に、修行を始めた我が国《ローゼス》の勇者マコトに、私は思わず質問した。勇者マコトの周りには、水魔法で形作られた数千匹の水の蝶《ちょう》がふわふわと舞っている。

「一週間も修行してなかったんで、鈍ってるんですよ」

気怠《けだる》そうに勇者マコトは返事をした。彼は自分の水魔法を見ながら首を捻《ひね》っている。

(自分の魔法に、納得がいかないのでしょうか……？)

カナンの里を覆いつくしそうな数の水魔法。精霊の魔力《マナ》を借りて、魔法を使っているらしい。魔力《マナ》だけではない。一体、どれほどの熟練度が必要なのだろうか。壮観の一言に尽きる。

水の国《ローゼス》中の魔法使いを集めても、同じ事はできないだろう。

「おおー、彼氏くんー、やってるねー。よーし、私も交じるよー」

ワインボトルを片手に、勇者マコトの魔法修行の様子を見物している紅蓮の魔女様《ロザリー》が居る。ほのかに赤い顔を見るに、すでに出来上がっているみたいだ。

って、今片手、無詠唱で火の王級魔法・不死鳥《フェニックス》を放った!?

「ちょっと、ママ。マコトの邪魔しちゃダメでしょ！」

「ルーシーはすぐ集中力切らせて情けないわね。少しは彼氏くんを見習いなさいよ」

「無理だから！　五時間ぶっ続けで、魔法を使い続けるとか無理だから！」

(……確かに、修行を始めてもう数時間。彼はいつもこんな感じなんでしょうか？)

「あーあ、こうなったら長いからなー、高月くんは」

急に隣から声が聞こえたと思ったら、アヤさんだった。エプロン姿で、髪を一つ括《くく》りにしてフライパンを持ってこちらにやってきたみたいだ。なんでも、パーティーの食事担当は彼女らしい。

「しかし、まだ本調子ではないでしょうに……いきなりこんな長時間の修行を……」

「え？　高月くんの修行は十二時間が基本だよ？」

「えええええっ!?」

　頭おかしいでしょう!?　いくらなんでも。

「それに、そろそろじゃないかなー」

「私の騎士ー！　寝てろっつったでしょうーがっ！　あんた病人なのよっ！」

　月の巫女フリアエが、ジャンプ蹴りを勇者マコトに喰《く》らわせている。

　えっ、……クリーンヒットしてますが、大丈夫なんでしょうか。

「うわー、綺麗《きれい》に決まったねー。高月くん、いつもなら後ろからの攻撃でも躱《かわ》せるのに調子悪いみたい」

「そうなんですか？　アヤさん」

「うん、高月くんって３６０度、自由に視点切替ができる能力があるんだって」

　なんと。知らなかった。

「私の騎士！　今日の修行は、終了よ！　もう休んでなさい！」

　月の巫女《フリアエ》が、仁王立ちして勇者マコトを睨《にら》みつけている。

「ええ～、これからだったのに……」

「あんた、毎日同じこと言ってるでしょ！　だから全然回復しないのよ！　体力も魔力《マナ》もカスみたいな数値のくせに、無理ばっかりして！　いいから、寝てなさい！」

「はーい……、あ、姫」

「何よ？」

「下着《パンツ》、見えてるよ」

「っ、死ね！」

勇者マコトが、思いっきり頭を蹴られました。す、凄い音がした。

（でも、あれは自業自得……）

「じゃあ、夕飯ができたら声かけますねー」

アヤさんは、去っていった。

「マコト大丈夫……って、ママ、放してよ！」

「あんたは元気なんだから、もっと修行しなさい～。ほら聖級魔法、もう一回唱えるわよー」

「いやー、もう今日は疲れたのー」

ルーシーさんは、紅蓮の魔女様《ロザリー》に捕まっている。私は恐る恐る、目を回している勇者マコトの傍《そば》に腰を下ろした。そっと、彼の頭に手をあてる。

――水魔法・癒しの水《ヒールウオーター》

こんな中級魔法では、呪いで弱った身体《からだ》には効かないでしょうけど、疲労回復くらいなら。

マコトの寝言が、聞こえてきた。

「うーん……、ノア様のスカートはやはり鉄壁か……」

(何でしょうか……、もう一回くらい頭をぶつければいいような気がしました)

「はっ！　俺は何を」

「いい夢を見ていたようですね」

勇者マコトが、きょとんとした目でこちらを見てきた。くっ、その純真な瞳で見つめるのをやめなさい！

「あまり無理をしてはいけませんよ」

「そうなんですけど、……やっぱり焦りがあって。今回の戦いはギリギリでしたから」

そう言う彼の横顔は、真剣だった。

「何かあったのですか？」

「俺の戦い方は、精霊の魔力《マナ》や、女神様の力や神器を使ったものばかりで、自分自身のチカラではないんですよね……。だからどうしても、不安定になるし、いざという時に使えなかったりする。本当は、自分自身がレベルアップで強くなれればいいんだけどね」

勇者マコトは、自分の短剣を眺めていた。

「勇者マコト……」

「すいません、湿っぽい話をしちゃって」

落ち込んでいる……のだろうか？　ならここで、私が言うべきは。

「守護騎士が、護《まも》るべき巫女《みこ》の下着を見てはいけませんよ？」

「ア、ハイ」

うちの勇者は根を詰め過ぎです。少し気を楽に持ったほうがいい。魔王を倒したばかりで、よりハードな修行を課すなんてどんな思考をしているのでしょう。

「あなたには、可愛《かわい》い恋人がいるでしょう？　それから……私もあなたの婚約者なのですから……もっと周りを頼っていいのですよ」

私はマコトから迫られれば、断らないのにっ。私が勇気を出して言った言葉に、マコトは静かに笑みを浮かべた。

「……ありがとう、ソフィア。少し休むよ」

パタンと倒れ、そのまま寝入ってしまった。

（はぁ……、この男は）

倒れるまで修行をして、寝て起きたらまた修行。一緒に冒険をしているルーシーさんや、アヤさんの苦労がうかがえますね。私は、彼が起きるのを待った。

夕飯の時刻、里長《さとおさ》の家に戻って来た時、家の前に、人垣ができていた。

「何かあったんでしょうか?」

「誰かが来たみたいですね」

私は勇者マコトと二人で歩いていた。まさか、もう太陽の国《ハイランド》の者が到着したのでしょうか? でしたら、手回しが良過ぎる。しまった、グズグズせずに出発すべきだった。しかし、人垣の中心にいるのは想定外の人物だった。

「あ、お久しぶりです!」

勇者マコトが、能天気に手を振っている。

(あ、あの御姿《おすがた》は……)

「やあ、精霊使いくん。魔王を倒してくれたようだな」

ニヤリと不敵に笑うのは、真っ白な髪に真っ白な肌。深紅の大きな瞳が、ルビーのように輝いている。小柄ながらも威圧感を放っている。

(だ、大賢者様!?)

それは太陽の国《ハイランド》の守護者にして、最強の魔法使いである『白の大賢者様』だった。

一章　高月マコトは、火の国へ旅立つ

「やあ、精霊使いくん。会いに来たぞ」

真っ白な髪に白いローブ。輝く紅《あか》い眼《め》。太陽の国《ハイランド》に居るはずの大賢者様が、カナンの里長の家に来ている。つかつかと、こちらへ大股で歩いてくる。

「ぐえっ！」

いきなり、胸倉を摑《つか》まれた。

「大賢者様、マコトをどこに連れてく気!?」「先生、何を!?」

ソフィア王女とルーシーの驚いた声が、耳に届いた。

「ジョニィの息子、奥の部屋を借りるぞ」

「は、はいっ！　大賢者様！　どうぞ、ごゆるりと」

「うむ」

と言った瞬間、目の前の景色が真っ暗になった。

「え？」

「空間転移《テレポート》した。少し話がしたくてな」

ここは、里長の言った奥の部屋だろうか……？　薄暗く周りは本棚で囲まれていて、少し埃《ほこり》っぽい。

――ガチャン、と背後で大きな音が鳴った。

魔法で鍵をかけられた？　随分と物々しい……。

「聞かれてはマズイ極秘の会話ですか？」

「………………」

暗闇の中で紅く輝く大賢者様の目が、こちらをじっと見ている。いつもの余裕のある笑みではなく、真剣な眼。

「魔王ビフロンスを倒したらしいな」

「ええ、なんとか……」

その話がしたくて、わざわざ木の国《スプリングローグ》まで来たのだろうか？

「………………」

「大賢者様？」

幼女のように小柄な体型の大賢者様が、俯《うつむ》いているとその表情が読めない。しばらく時間が経《た》って、ぼそりと語りだした。

「……我が吸血鬼《ヴァンパイア》であることは言ったな？」

「ええ、太陽の国《ハイランド》で聞きました」

あれは驚いた。そのあと、童貞ってばらされて、血を吸われて……

「もともと人間であった我を吸血鬼《ヴァンパイア》にしたのは、……魔王ビフロンスだ。つまりは、我にとって吸血鬼《ヴァンパイア》としての『親』というわけだ」

「えっ!?」

大賢者様のお、親？　あ、あれ？　俺が倒したのは、大賢者様の親？

「あ、あのぉ……」

だらだらと冷や汗が流れる。魔王が滅んで、悪いことはあるまいと当然のように考えていた。セテカーさんみたいな、魔族サイドはともかく。大賢者様は魔族……、しかも身内だった……？

「え、えっと、何と申し上げればいいか……」

俺がおどおどと口を開くと、大賢者様が「ニッ」と笑った。

「良くやった、精霊使いくん。我は魔王ビフロンスにだけは、手が出せなかった。吸血鬼《ヴァンパイア》は『親』には逆らえない。他の魔王であれば、西の大陸に来た瞬間に滅ぼしてやるんだがな。蛇の教団の連中は、対大賢者を期待しての魔王ビフロンスの復活を企《たくら》んだのであろうが……、くくくっ、精霊使いくんに見事に邪魔されたな」

愉《たの》しげに、意地悪く笑う大賢者様が居た。んー、これは。

「俺が『親』を倒してしまって、怒ってないんですか？」

「魔王《ビフロンス》を倒されて怒る？　千年前、西の大陸を支配し、人族を家畜として扱っていた魔王だぞ？　我が人間の時の両親も村の人間も、全てビフロンス配下の魔族に喰《く》われた。できることなら、我の手で八つ裂きにしてやりたかった……」

大賢者様は八重歯を覗《のぞ》かせ、歯ぎしりしている。

「まあ千年前は、我も喰われる一歩手前でアベルのやつが救ってくれたおかげで、生き延びたのだがな。今回はアベルが居ない。もし魔王ビフロンスが復活すれば、光の勇者くんに頼むほかなかったのだが……二代目光の勇者くんはどうも『甘い』からなぁ」

「頑張ってるじゃないですか、桜井《さくらい》くん」

俺は思わず昔馴染《むかしなじ》みの肩を持った。

「わかっている。あいつも着実に力をつけておる。北征計画まではモノになるだろう」

「真面目なやつなんで、助けてあげてください」

ちょっと、優柔不断だけどね。特に、女性関係とか！

俺の言葉に大賢者様が何かを思いついたように、大きく口を歪《ゆが》めた。

「人の心配ばかりしていても良いのか？　精霊使いくん。太陽の国《ハイランド》、いや西の大陸中の貴族が狙っているぞ？」

「……そう、なんですか？」

ソフィア王女が、そんなこと言ってたけど、本当なんだろうか？

「強欲な連中は、既に魔族との戦争の後について、皮算用しておる。救世主の生まれ変わり、異世界からやってきた光の勇者くんはハイランド王家に押さえられた。ならば、重要になってくるのは『第二功労者』をどこが引き入れるかだ」

「……はあ」

まだ、戦争始まってませんよ？

「おいおい、危機感が足らんな。世事に疎い『魔王を倒した勇者』が居て、しかも弱小国の雇われだ。酒池肉林の餌を与えておけば、こちらの陣営に引き入れられると考えておるんだよ、多くの貴族が。あとは戦後に、魔大陸の領地を美味《おい》しくいただくわけだ。『魔王を倒した勇者』というカードを使ってな」

はぁ、そんなことを考えているのか。貴族のお偉方は。

「……政治ですね。でも、一応ソフィア王女と婚約してるらしいですよ？　俺」

「小国の王族なぞ、どうにでも黙らせられると思っているんだろう。ソフィアも苦労人よな」

（水の国《ローゼス》の立場、弱いなぁ……）

「これからどうするつもりだ？　精霊使いくん」

「火の国《グレイトキース》に行くつもりです」

今の話を聞いた限り、大人しくしておいたほうがいいんだろうか？　ソフィア王女に相談しようかな。

「ふむ、軍事国家の火の国《グレイトキース》か。北征計画の中心となるからな、連携をとるためにも顔を出しておいたほうがいいか……、しかし将軍や火の巫女は曲者《くせもの》だぞ？」

「そうなんですか？」

注意しておこう。

「ハニートラップなんぞにひっかかるなよ」

「俺は魅了魔法が効かないんで、大丈夫ですよ」

俺が自信を持って答えると、大賢者様が呆《あき》れたように首を振った。

「阿呆《あほう》、魅了魔法なんぞ関係あるか。宿に泊まって、朝起きたら隣に知らん女が裸で寝ておるぞ。そして、半年後は謎の赤ん坊を抱いて、認知しろと言われておるわ」

「…………」

怖過ぎる！　それにこっちは、童貞だぞ。俺の表情を見て、大賢者様がニヤリと笑った。

「その時は、我の『鑑定』スキルで貴様の童貞を証明してやろう」

「やめてもらえます!?」

国中に童貞がバレるやつやん！

「そんなことにならないよう油断するな」

「はーい……」

人間社会怖いよー。

「色々とありがとうございます、大賢者様…………………どうしました？」

お礼を言って、そろそろ部屋を出ようかと思っていたら、大賢者様のねっとりとした視線を感じた。怒っている表情ではない。強いて言うなら、魚を前にした猫の表情と言うか。

「腹が減った」

あー、あれか。

「……どうぞ」

俺は跪《ひざまず》いて、襟を少し開き、首元を差し出した。ゆっくりと大賢者様が俺の首元に顔を近づける。冷たい息が首元に当たった。

「ふふっ、いい子だ。……カプ」

「……っ」

じわりとした痛みと、多少の快感が身体《からだ》を巡る。身体が慣れてきたのかなぁ。嫌だなぁ。

——コクコクコク、と喉を鳴らす小さな音が聞こえる。

上品な飲み方だ。先日会ったセテカーとは全然、違う。そういえば、あいつも千年前の魔族だったっけ？　大賢者様の知り合いだろうか。

「大賢者様、セテカーって魔族は知ってますか？」

「……食事中に話しかけるな。勿論《もちろん》知っているぞ。やっかいな相手だった。そういえば、やつに石化されたらしいな。まぁ、あいつは人が喰えんからな、石化するしか能がない」

「え？」人が喰えない？

「大賢者様、それはどういう意味ですか？」

「知らなかったのか？　もともと弱い不死者《アンデッド》だったセテカーは、大魔王イヴリースに『覚醒』されて強くなった。代償として『人を襲えない』という呪いにかかった。奴《やつ》は人の血を吸えない、半端モノの吸血鬼《ヴァンパイア》として魔族仲間からは蔑まれている……が、あの『石化の魔眼』は我々には脅威だな」

そんな事情があったのか。道理で俺やレオナード王子、ジャネットさんの血を飲もうとはしてなかったような。

「奴と話したのか？」

「ええ、ビフロンスの最期の言葉を伝えると、喜んでましたね」

しかし、人を襲えないならそこまで脅威じゃないのかな？　いや、でも石化でエルフの戦士たちがほとんど戦力外にされてた。やっぱ、脅威だ。

「おい！　おまえ、ビフロンスと会話したのかっ!?」

大賢者様が、初めて焦った声を上げた。

「え、ええ……少しだけ」

「バカな……奴は自我など残っていないはず……あの時、確かに……」

わなわな震えるちっこい賢者様。

「……奴は何と言っていた？」

「えっと、自分のことをあまり覚えてないみたいでしたよ。我は誰だ？　とか言ってたんで」

「……アベルについては、何か言っていたか？　もしくは、千年前の誰かのことを」

大賢者様が、真剣な表情で詰問してくる。うーん、特になかったような……。

「別に言ってなかったと思いますね」

「………………そうか。ならいい」

俯いた大賢者様の表情が読めない。なんだったんだろう？

再び、コクコクと血を飲む音だけが響いた。

（うーん、暇だな。それに俺の血を提供しているわけだし、タダってのも癪《しゃく》だ）

折角だ。少し相談してみるか。

「大賢者様、どうやったら強くなれますかね？」

「……君は魔王を倒した勇者だぞ？」

だから、倒してないですよ。あれは、滅びを魔王が希望しただけです。

「そろそろ、今の戦い方がキツくて」

「……ふーむ。しかし、精霊使いくんのステータスは人類最弱レベルだからな。それをカバーする精霊魔法やら神器を使って、上手《うま》く戦っていると思うが……」

「でも、紅蓮《ぐれん》の魔女ロザリーさんの戦いにはまったくついていけなかったし、魔王ビフロンスがその気になれば、俺は殺されてました」

どうも、彼らとは分厚い壁がある気がしてならない。このままだと、……ダメな気がする。

「……強くなりたいのか？　しかし、精霊使いくんがここから劇的に強化するとなると……人間を辞めるしかないと思うが……」

「え？」

「本気にするなよ？　例えば、我が精霊使いくんを吸血鬼《ヴァンパイア》にしたとしよう。恐らく身体能力は上がる」

「おお！」

「代償として、精霊魔法は使えなくなる。精霊は、不死者《アンデッド》に懐かない」

「それは……ダメですね」

そう上手くはいかないか。そもそも吸血鬼《ヴァンパイア》になる気はないし。

「そんな顔をするな。もっと我を頼ればいいだろう？　知っているか？　我と精霊使いくんが、太陽《ハイランド》の国で何と呼ばれているか」

「愛人扱いになってるんでしたっけ？」

ノエル王女の話だと。

「なーんだ、知っておったか」

つまらなそうに、大賢者様が唇を尖《とが》らせた。どんな反応を期待してたんだろう。にしても。

「そろそろ、血はいいですか?」

「あと、もう少し」

上目遣いで可愛《かわい》くおねだりされた。

「……貧血気味なんですけど」

今日は、いっぱい吸うなぁ! ちなみに、俺は今膝の上に大賢者様を乗せている。大賢者様は、正面から俺に跨《また》がり、俺の腰に足を巻き付けている。『RPGプレイヤー』スキルで、端から見ると少々怪しい体勢になっている。

(この恰好《かっこう》は、ルーシーやさーさんに見られたくないなぁ)

「わー、彼氏くんが浮気してるー!」

「「!?」」

いきなり部屋に誰か現れた?

「ロザリーさん?」

わざわざ空間転移《テレポート》してきたようだ。

「おい、紅蓮の小娘! 人の食事を邪魔しにきたのか?」

思いっきり不機嫌になった大賢者様が、八重歯を見せて睨《にら》みつけている。

「そうよ！　私の縄張りに無断で入って来たんだから、勝負しなさい！　今度こそ勝ってやるわ！」

「小娘、年季の違いを教えてやる」

そう言った瞬間、二人の姿が消えた。また空間転移《テレポート》だ。しかも無詠唱。やっぱ、あのレベルの連中と戦えるビジョンが浮かばない。

次の瞬間、上空から爆発音が鳴り響いた。大賢者様と、ロザリーさんが戦っているみたいだ。うわ、王級魔法を連発してる！　無茶苦茶だ。

こうして、大賢者様と紅蓮の魔女《ロザリー》の喧嘩《ドンパチ》は一晩続いた。


――翌日の朝。

「……私は今後、大賢者様に喧嘩《けんか》を売りません。海底神殿より深く反省しております……」

ロザリーさんが正座して、がっくり項垂《うなだ》れている。

（……すげぇ、紅蓮の魔女ロザリーさんに完封勝ちしてるよ）

大賢者様には、かすり傷ひとつ付いていない。

まあ、不死者《アンデッド》なので傷はすぐ再生したのかもしれないが。

「なんで貴様はそう力押しなんだ……？　才能だけなら、我を超えておるのに」

大賢者様が呆れた顔で腕組みして、ロザリーさんを見下ろしていた。

「……もう、ママってば」

「大賢者様とるーちゃんのママって仲が悪いの？」

「ママが一方的にライバル視しているのよ。勝てないに決まってるのに」

ルーシーとさーさんの会話が聞こえてきた。

フリアエさんは、興味ないのか黒猫《ツイ》の喉を撫《な》でている。

「……くぅ、次は覚えてなさいよ」

「おまえ……全然、反省しておらんだろう」

ロザリーさんが、恨めしい目で大賢者様を睨み、大賢者様は大きなため息をついた。ロザリーさんも強かったが、大賢者様のほうが格上感があふれ出ている。やっぱり大賢者様が、大陸一の魔法使いなんだなぁ。ぼんやりその様子を眺めていると、ソフィア王女が近くにやってきた。

「勇者マコト、そろそろ木の国《スプリングローグ》へ出発しましょう。長居しましたから」

「わかった、ソフィア」

ソフィア王女の言葉に、俺は頷《うなず》いた。身体も快復したし、火の国《グレイトキース》に向かおう。

「水の街《マッカレン》までは、私たちの馬車で帰りましょう。馬車には魔物除《よ》けの魔法がかかってます」

「水の街《マッカレン》から飛空船で火の国《グレイトキース》に行きましょう」

火の国《グレイトキース》の方面は、飛行系の竜は生息していない。道中に砂竜《サンドドラゴン》というのが居るが、空は飛べない竜種だ。

「待て、おまえたち」

大賢者様からストップがかかった。

「どうしました？」

「水の街《マッカレン》に戻るのは、やめておけ。太陽の国《ハイランド》の貴族が、待ち構えているぞ」

「「え？」」

その言葉に俺は顔をしかめ、ソフィア王女が小さく驚きの声を上げる。

「おかしな話ではあるまい。精霊使いくんの拠点が、水の街《マッカレン》だということはバレている。なら、そこで待ち伏せするのが一番だ」

「それは困りましたね……」

飛空船は、水の街《マッカレン》に戻らないと使えない。

「どうしようかな」

「そうですね……時間はかかりますが、陸路で行くしかか」

俺とソフィア王女が、顔を見合わせ頭を悩ませていると。

「精霊使いくん、いい方法があるぞ」

大賢者様が意味ありげに、正座しているロザリーさんのほうに視線を向けた。

「おい、紅蓮の小娘。こいつらをおまえの超長距離空間転移《テレポート》で送ってやれ」

「ええ～、大人数ってすっごく疲れるんだけどー！」

「何回でも往復すればいいだろう、無駄に魔力《マナ》が余っているのだから有効活用しろ」

おお！　確かに俺とルーシーを色々な場所に連れて行ってくれたやつだな。

「ルーシー。お母さんに、移動を頼んでいいのかな？」

「普段なら絶対面倒くさがってやってくれないけど、今なら大賢者様が頼んでくれてるしやってくれるんじゃないかしら」

ルーシーも小声で返してくれた。木の国《スプリングローグ》の英雄にそんな雑用をさせるのは気が引けるけど、非常に助かる。

「やだー！　面倒くさいー！　あんたがやればいいでしょー！　大賢者のくせにー！」

「我は、おまえのように無駄遣いする魔力《マナ》が惜しいのだ。大魔王《イヴリース》の復活に備えねばならん。おまえたちエルフは、魔力《マナ》が余っているんだ、勇者のために使え」

「はぁ……、仕方ないなぁー。彼氏くんー、用意できたら、順番に運んであげるわ」

「あ、ありがとうございます」

どうやら話がついたらしい。俺たちは、急いで旅立ちの準備をした。

里長《さとおさ》さん、風樹の勇者マキシミリアンさん、木の巫女《みこ》フローナさん、他カナンの里の面々に挨拶を済ませる。

「マコト殿、北征計画で再会しましょう！　次は共に魔王と戦いましょう！」

「はい、マキシミリアンさんもお元気で」

風樹の勇者《マキシミリアン》と握手を交わす。今回の一番の収穫は、マキシミリアンさんと仲良くなれたことかな。しかし、ごつごつした手が大きい。比べて俺の手は、子供のようだ。

「準備できたー？　じゃあ、最初はルーシーと彼氏くんねー」

「私とマコトから？　ま、いっか。行きましょ、マコト」

「るーちゃんのお母さん、私も！　るーちゃんと高月《たかつき》くんが二人きりになっちゃう」

「アヤ、どんだけ私を信用してないのよ！」

「すぐ抜け駆けするじゃん！」

ロザリーさんのほうを見ると、空間転移《テレポート》の順番でわいわい言っている。

「ほら、ちゃちゃっと終わらせるわよ」

ぐいっと腕を引っ張られ、目の前が真っ白になった。空間転移《テレポート》したらしい。

こうしてバタバタと火の国《グレイトキース》へと移動を開始した。

◇

「じゃあ、これで最後ね……」

気怠《けだる》げにロザリーさんが告げた。目の下にクマができている。

どうやら空間転移《テレポート》の使い過ぎで、魔力《マナ》低下を起こしてるっぽい。……大丈夫かな？

「ロザリーさん、ありがとうございました」

「あーあ、こき使われちゃったわー。くそー、大賢者のやつ、次は負けないからねっ！」

そう言いながら、ロザリーさんの周りには魔法陣が浮かび上がる。

さっきまで、さんざん使っていた木の国《スプリングローグ》への空間転移《テレポート》の時より、魔法陣の数が多い。

（今までと魔法術式が違う？）

「ロザリーさん、どこに行くんですか？　その魔法陣、さっきまでのと違いますよね？」

「え？　ママ、里に戻らないの？」

俺の言葉に、ルーシーが反応する。

「あら、彼氏くんってば優秀。私の魔法術式が読めるのね。私はこれから『月』に行って修行をし直すわ！　大賢者にはまだ届かなかったからね！」

「あ、あの……大賢者様に挑む前に、北征計画にご協力いただきたいのですが……」

腕まくりするロザリーさんに、ソフィア王女がおずおず話しかける。確かに！　身内で争っている場合じゃない。

「あー、なんかお父さんが言ってたっけ？　まだ時間あるわよね？　魔大陸に殴り込みか

ける の。オッケーオッケー、私も参加するから私が倒す魔王残しといてねっ！」

そう言ってロザリーさんは、空間転移《テレポート》で消えて行った。自由人だなぁ。

それはそうとして、俺たちは火の国《グレイトキース》に到着した。一緒に居るのは、ルーシー、さーさん、フリアエさん（肩の上に黒猫《ツイ》）、ソフィア王女と護衛の騎士たち。

「ねぇ！　高月くん！　ここが火の国《グレイトキース》なんだね！」

さーさんに言われ、俺はその街——火の国《グレイトキース》の王都ガムランを見渡した。全体的に、白い街だった。建物を構成しているのは日干しレンガだろうか？

人々が着ている服も白いものが多く、肌の色は浅黒い人が多い。

前の世界で言う、中東を思い起こさせる街並みが広がっていた。

そしてなによりも——暑い。

気温は、40℃近いのではなかろうか。水の国《ローゼス》と大して緯度は変わらないはずなんだけど……。なんでそんなに違うのかというと、火の女神様《ソール》の御力《おちから》らしい。

火の国《グレイトキース》は熱帯の国だ。だけど暑いのは、『明鏡止水』スキルを99％にしておけば、さほど気にならない。一番の問題は——

（……水の精霊、全く居ないんですけど）

昔、水の神殿で習った火の国《グレイトキース》の気候からして、予感はしていた。どうやらこの国だと俺は役立たずになりそうだなぁ……。小さくため息をついた。

「ソフィア様。入国手続きを済ませてきました」

守護騎士のおっさんが、ドタドタとやってきた。流石《さすが》に空間転移《テレポート》で不法入国はマズイので、その辺はきっちりしている。

ただし、ロザリーさんは「え？　いつも勝手に入って、勝手に出て行ってるけど？」と言っていた。あの人、常識をどこかに忘れて来たんだろうか？

「では、ローゼス王家がいつも利用している宿へ向かいましょう。勇者マコト、あなたは友人に連絡を取ったのですよね？」

「ええ、ふじやんに話をしたら、こっちに向かっている所だと言ってました」

ふじやんには、通信用の魔道具で連絡をした。なんでも、ちょうどふじやんも火の国《グレイトキース》に用事があったらしい。二、三日後には、合流できるそうだ。

それまでは、ソフィア王女と同じ宿に泊まってよいことになった。

「暑いわ、早く移動しましょう」

フリアエさんが、汗を手で拭っている。少し服を着崩して、胸元を服でパタパタ風を起こしている。扇《あお》ぐ度に、胸元が絶妙に見え隠れしてなんとも言えない色気を醸し出している。

「「「「……」」」」

通行人の男たちが、全員足を止めてフリアエさんを凝視している。目立ってるなぁ。

「るーちゃん、大丈夫？」

「暑いよー、うぅ、アヤの肌が冷たい……」

暑いのが苦手なルーシーが、ぐったりしてさーさんに背負われている。こりゃ、さっさと移動したほうがいいな。

俺たちは、宿を目指して出発した。途中、火の国《グレイトキース》についてソフィア王女に教えてもらった。火の国《グレイトキース》は、他国からの依頼で軍隊を派遣する軍事国家であること。

農業に適さない土地だが、狩猟や漁業は盛んらしい。他には貿易にも力を入れている。

現在、王都には多くの人が来ている。その理由は、近々開催される火の国《グレイトキース》最大の『武闘大会』があるためだ。

武闘大会の優勝者は『火の国《グレイトキース》の国家認定勇者』として、一年限定の国賓待遇が約束されているらしい。いかにも武闘派な国だ。

俺はソフィア王女の話を聞きつつ、『ＲＰＧプレイヤー』スキルの視点切替で、キョロキョロと街を見物した。

しばらくして、少し休憩時間になった時のことだった。ソフィア王女や女性陣は、売店で売っていた冷たいフルーツジュースを飲んでいる。

俺は少し離れたところで、どこかに水の精霊が居ないか探していた。うん、全然ダメっぽい。その時、

――キーン、と『危険感知』スキルの警笛が鳴り響く。

(え？　ここは街中だぞ？)

魔物なんて出るはずがない。『索敵』スキルをとっさに発動させるが、敵の場所がわからない。

「危ない！　高月くん！」

さーさんに抱きかかえられ、一瞬でその場から離れた。

次の瞬間、――ドガガガガ！！！！！！

俺が先ほど歩いていた場所に、重量のあるものが落下したような爆音が響き、土埃《つちぼこり》が舞い上がった。ば、爆撃!?　爆弾テロか!?

が、土埃が収まったあとに見えたのは、人影だった。人間が落ちてきた？

「……あーあ、避けられちゃった。流石は、魔王を倒した勇者サマ」

少しとぼけたような口調で喋《しゃべ》るのは、女性の声だった。

浅黒い肌。パラりとした艶やかな黒髪。細めた目が、猫科の肉食獣を思わせる細身の女

戦士。軽装鎧《よろい》を着ているが、肩や足は肌が剝《む》き出しになっている。

しかし、無防備だと感じないのは、彼女が纏《まと》う膨大な闘気《オーラ》のせいだろうか。

「はじめまして……。私は『灼熱《しゃくねつ》の勇者』オルガ・ソール・タリスカー……」

どこを見ているかわからないような眼《め》で、だらけた口調で襲撃者は名乗った。

「ねぇ……水の国《ローゼス》の勇者さん。私と殺し合わない？」

その女は、ニィっと大きく口を三日月に歪《ゆが》めた。

やばいヤツが来た！

二章　高月マコトは、襲われる

「さぁ、殺し合いましょう」

のっけから、ぶっ飛んだ発言をするエキゾチックな褐色肌の美女。その身体《からだ》からは、オレンジ色の闘気《オーラ》が立ち昇っている。

(灼熱の勇者……オルガ・ソール・タリスカー。火の女神様に選ばれた勇者……)

一応、火の国《グレイトキース》に来た目的は勇者と巫女に会うため。そういう意味だと、目的と合致している。ただ、目の前の戦闘態勢の勇者と、穏やかに会話するのは不可能そうだ。

「えっ!?」

気が付くと目の前に、灼熱の勇者《オルガ》の拳が迫っていた。やばっ！

(か、『回避』スキル！)

ギリギリで避け……られないっ！　肩辺りに衝撃を感じ、吹っ飛ばされた。

痛ってぇ！

「高月くん！」

さーさんの声が響く。

「あら……、当たった？」

灼熱の勇者オルガが、可愛《かわい》く小首を傾《かし》げている。お前が殴ったんだろ！

「高月《たかつき》くんに何するのよ！」

さーさんが、灼熱の勇者《オルガ》に飛びかかる。

「わっ、驚いた」

口では驚いたと言っているが、まったく動じずにさーさんの攻撃を捌《さば》いている。まじか、さーさんの近接攻撃が通じない!?

「くっ」

さーさんが焦った声を上げる。

「水魔法・氷針《アイスニードル》」

さーさんを援護するため水魔法で目潰しを試みる。水の精霊が居ないと、これが限界！

「ん？」

普通に避けられた!?　目の前に発動させたんだけど……、見てから回避できるのかよ。

「うざい」

「ぐっ」

さっきまでさーさんに攻められていたはずが、なぜか俺の目の前に居た。

『回避』スキル！

「げほっ」

腹部に重く衝撃が走る。駄目だ。全然避けられない。

回避スキルを見てから、攻撃が追尾してくる。

「この！　いい加減にしろ！」

さーさんが『アクションプレイヤー』スキルのダッシュ攻撃を使って殴りかかるが。

「へぇ……あなた、可愛いのに強いのね」

灼熱の勇者《オルガ》は、余裕で躱《かわ》してさらにカウンターを喰《く》らわせている。

「あぐっ！」

さーさんが吹っ飛んでいった!?　近くの民家の壁に、激突した。

「アヤ！」

ルーシーの悲鳴が聞こえる。くそっ、なんだこの化け物！　さーさんは、大丈夫か？

「おい、なんだなんだ」「オルガ様が暴れてるぞ」「またか、相手は誰だ？」

騒ぎを聞きつけ、人が集まってきた。何なの、常習犯なの？

「おやめなさい！　勇者オルガ！」

ソフィア王女の鋭い声が上がった。ぴたりと、火の国の勇者《グレイトキース》の動きが止まる。

「んー？　あれ、ソフィアちゃんだぁ～」

へらっとした顔で、手を振る灼熱の勇者オルガ。

「オルガっ！　何を考えているのです!?　我が国の勇者とその仲間を襲撃するなどっ！」

「ちょっとした挨拶だよ～」

へらへらした顔からは、まったく悪びれる様子はない。

（……なんで、俺たちがこの国到着してすぐに絡んできたんだ？）

明確に、水の国の勇者を狙《ねら》っていた。

「魔王《お》や、ジェラルドを倒したって聞いたから楽しみにしてたんだけどなぁ～、はぁ～、期待ハズレだなぁ～。じゃあねぇ～」

下から覗《のぞ》き込むように、目を細めこちらを見て嗤《わら》ったあと、――シュタッっとジャンプしてそのままどこかに消えてしまった。

「なんなの、あいつ……」

フリアエさんが、物陰に隠れている。ごめん、守護騎士なのに忘れてた。

「さーさん！」

慌てて、吹っ飛ばされたさーさんのところに駆け寄る。ルーシーが、さーさんを看《み》てくれている。特に怪我《けが》は無さそうだけど……。さーさんは、俺の方を見てぽつりと言葉を発した。

「ゴメン、高月くん……負けちゃった」

「いや、あいつが頭おかしいから……」

さーさんが、気に病む必要はない。無事でよかった。

「勇者マコト、人が集まっています。まずは、休めるところに移動しましょう」

「そうですね、さーさんを休ませてあげないと」

俺たちは、重い足取りで宿へと向かった。


宿に到着して、俺とソフィア王女と守護騎士のおっさんが、大部屋に集まった。

さーさんは、さっきの戦いがショックだったのか部屋に閉じこもってしまった。

ルーシーとフリアエさんが、さーさんを元気づけている。

（あとで、俺も様子を見に行かないと……）

「勇者マコト……申し訳ありません、先ほどの灼熱《オルガ》の勇者による無礼にローゼス家から抗議を入れました」

ソフィア王女が肩を震わせている。俺も腹立たしかったが、ソフィア王女の怒りはそれ以上みたいだ。俺は『明鏡止水』スキルを99％にして、発言した。

「それにしても、いきなり襲ってきた灼熱《オルガ》の勇者の目的は何なんでしょう？」

どう考えても、俺たちが来たことをわかって襲撃してきた。

仮にも一国の勇者が、王女も居る一行にやることじゃない。

「今回の襲撃……、恐らく火の国の上層部《グレイトキース》が絡んでいます」

ソフィア王女が、視線を落としながらぽつりと言った。

「どういう意味です？」

火の国《グレイトキース》の上層部が、何故《なぜ》俺たちに因縁をつけるんだろうか？

「勇者殿、火の国《グレイトキース》は西の大陸で二番目の大国です。……恐らくですが、火の国《グレイトキース》としては魔王を水の国《ローゼス》のような小国が倒してしまった事実が気に喰わないのでしょう。六国最弱の水の国《ローゼス》が、先んじて魔王討伐という実績を上げてしまったことが、大陸で二番目の強国の面子《メンツ》を傷つけたものと思われます」

守護騎士のおっさんが、悔しそうに言った。

「火の国《グレイトキース》から、勇者の無礼を謝罪されました。……しかし、なぜか街中で『水の国《ローゼス》の勇者マコトは火の国《グレイトキース》の勇者オルガの相手にならなかった。魔王を倒したのは、ただの幸運だった』と噂《うわさ》が流れています。噂を流したのは、火の国《グレイトキース》の者でしょうね」

ソフィア王女が唇をかむ。

「じゃあ、俺が負けてしまったのは水の国《ローゼス》として、よくなかったですね……」

がっくりと項垂《うなだ》れる。しまったなぁ。

でも水の精霊が居ないあの場じゃ、打つ手がほぼなかった。

「い、いえ！　魔王の復活を阻止した勇者マコトの功績がなくなるわけではありません！」

慌ててソフィア王女がフォローしてくれる。

「その通りですぞ、勇者殿。それに、最近は太陽の国《ハイランド》のノエル王女が、ローゼスと友好的であることを度々、喧伝《けんでん》されている。火の国《グレイトキース》がこのような暴挙に出たのは、それも大きいでしょう」

「太陽の国《ハイランド》と火の国《グレイトキース》は、長年、軍事的な立場では競合していますからね。そこに水の国《ローゼス》が割って入ったことで焦りが生まれたのでしょう」

「はぁ、面倒ですね……」

国同士のゴタゴタなんて関わりたくないが、国家認定勇者の立場としては避けられないのかねぇ。

「勇者殿、念のため言っておきますが、ノエル王女が我々に非常に懇意な原因の一つは、光の勇者桜井《さくらい》様とマコト殿が親しい友人だからですぞ？」

「桜井くんと友達なのがそんな重要なんですかね」

単にご近所さんだっただけなのだが。

「勇者マコト……相手は救世主様の生まれ変わりとされる人です。そんな御方《おかた》が、一番の友人を貴方《あなた》だと言っています。もはやお二人の関係は、六国の間でも知れ渡っていますよ」

ソフィア王女が、呆《あき》れたようにため息をついた。ええ～……、いや、確かに昔馴染《むかしなじ》みではあるけど。

「しかし、それがこのような事態になるとは予想しませんでした……、申し訳ありません。

火の国《グレイトキース》に来るべきではなかった……。すぐに水の国《ローゼス》に戻りましょう」

「いやいやいや、ソフィアが謝ることないよ。悪いのは火の国《グレイトキース》の連中だ」

しょんぼりしてしまったソフィア王女を慌てて、元気づけた。

「それに、今すぐ帰るのは逃げ帰ったみたいで、恰好《かっこう》が悪いから。折角来たからには、何か成果を持ち帰りましょう」

というのは方便で、本当はいきなり襲ってきた火の国《グレイトキース》の勇者や、さーさんを落ち込ませたことに腹が立っていた。このまま帰るのは、どうにも腹の虫が治まらない。

「……わかりました。しかし、しばらくは宿で大人しくしていてください」

ソフィア王女には、胸中がバレているかもしれない。俺は大人しく頷《うなず》いた。

いきなり、仕返しなんてことは考えない。まずは、情報収集だろう。それに――

（疲れた……さーさんの顔を見てから、ひと眠りしよう）

さーさんの部屋に寄ったが、もう眠ったみたいなので結局、話せなかった。


――翌日。

「タッキー殿！　灼熱の勇者様《オルガ》との戦闘で重症と聞きましたぞ！　大丈夫ですかな⁉」

「高月サマ！　ベッドから立てないという大怪我のご様子は⁉　最上回復薬《エリクサー》を持って来ましタ！　早く飲んでくださイ！」

ふじやんとニナさんが、凄《すご》い勢いで部屋に入ってきた。

あれ？　なんか、噂に尾ひれがついてない？

「ふじやん、俺は怪我してないよ」

最上回復薬《エリクサー》って、たしか購入すると100万G《ガル》くらいかかるよな？

飲み薬なのか……。ちょっと、味が気になる。

「おお……、タッキー殿が意識不明の重体と聞いて飛んできたのですが、ガセ情報でしたか。よかったですぞ……」

「うーん、好き勝手な噂を流されてるなぁ」

これも火の国《グレイトキース》の連中だろうか？　本当に、腹立つなぁ。そして、ふじやんやニナさんにまで心配をかけてしまって申し訳ない。俺は事情を説明した。

「なるほど……、太陽の国《ハイランド》と水の国《ローゼス》の関係性ですか。確かに救世主様の生まれ変わりを抱える太陽の国《ハイランド》と、魔王を討伐した話題の勇者タッキー殿が居る水の国《ローゼス》の組み合わせは、他国にとって脅威でしょうなぁ」

「……話題？」

ふじやんの言葉がひっかかった。

「おや？　知らぬのですか？　木の国《スプリングローグ》に、颯爽《さっそう》と現れ『紅蓮《ぐれん》の魔女』様と共に、滅国の危機を救った勇者としてタッキー殿の話題で持ちきりですぞ」

おいおい、こっちも尾ひれ付き過ぎだろ。最後、石になって寝てたんだけど。

「情報の出どころが、普段は他国のことに興味を持つことが少ない木の国《スプリングローグ》の民たちですからネー。信憑性《しんぴょうせい》が高い話として、商人の間で噂になってマス」

ニナさんが、ぴょこぴょこと耳を揺らしながら付け加えた。

（全然、知らなかった……）

最近、ふじやんと話せてなかったから情報不足だったなぁ。もう少し、情報収集にも注意したほうがいいかもしれない。その後、いくつか情報共有をして、ふじやんと部屋に残り、ニナさんはさーさんの様子を見てくると去って行った。


「大変でしたなぁ」

「まあねぇ」

ふじやんがしみじみと呟《つぶや》く。俺たちは、ニナさんが淹《い》れておいてくれたお茶を飲みながら雑談した。最初は近況報告。その後、しばらく世間話をしていた。

久しぶりに会った友人の顔を見て、ふと違和感を覚えた。慌てて火の国《グレイトキース》の王都まで駆けつけてくれたのだろう。長旅による疲れかな、とも思ったが何か様子が変だ。

「そういえば、火の国《グレイトキース》に用事があるって聞いたけど、何の用事？」

「…………」

珍しくふじやんが口ごもる。

「何か言いづらいこと？」

「いえ、……普通の商談ですぞ」

何かを隠しているようだ。らしくない。

「何か、困り事？」

「……」

「無理に、聞き出したいわけじゃないけど……」

これ以上無理に聞き出すのはやめておこうか。

「いえ……隠し事というほどでもないのですが」

なんだろう？　しばらく言うのを躊躇《ためら》っているようだった。俺は、静かに次の言葉を待った。そして、ふじやんが重い口を開いた。

「実は……火の国《グレイトキース》の王都で、クラスメイトが奴隷として囚《とら》われているようなのです」

お、思ったより重い話が飛び出した。

（どれい……奴隷かぁ……）

西の大陸において奴隷という存在は、決して珍しくない。が、俺はほとんど奴隷と出会ったことがなかった。理由は、水の国《ローゼス》が奴隷制度を採用していないからだ。

なんでもローゼス王家の方針だと聞いたことがある。

（私、奴隷って嫌いなのよね～、マコくん）

あ、水の女神様《エイル》だ。どうやら、奴隷制度が非採用なのは、水の国《エイル》の主神様の好みの問題だったらしい。宗教国家のローゼスは女神様の意向がもろに反映される。

（わ、私も！　奴隷嫌いだからっ！）

ノア様……張り合わなくてもいいですよ。

（あれ？　もしかしてマコトって奴隷の女の子を買って自分の好きに育ててやるぜ、とか考えているクチ？）

（やだぁ～、マコくんってば不潔！）

違うわ！　なんてことを言うんだ、この女神様たちは。

話が脱線したが、兎《と》に角《かく》水の国《ローゼス》には奴隷が居ない。では、他の国はどうか？

『太陽の国《ハイランド》』『火の国《グレイトキース》』『商業の国《キャメロン》』『土の国《カリラーン》』は、全て奴隷制を採っている。奴隷の目的は様々で、労働者、軍事目的、そして性奴隷。あまり良いイメージはない。

「それで……ふじやん。奴隷になっているクラスメイトって誰？」

恐る恐る尋ねた。俺の親しいクラスメイトは、ふじやんとさーさん、あとは桜井くんくらいなので、俺の友人ではない。でもふじやんは交友関係が広い。

「……河北《かわきた》ケイコ殿ですぞ」

ふじやんが、クラスメイトの名前を告げた。んー……。

（誰だっけ？）

名前は聞いたことあるような、ないような。

「えっ⁉　ケイコちゃんが⁉」

突然、部屋の外から声をかけてきたのはさーさんだった。ドアの前を通りかかったらしい。

「う、うん。ゴメンね、昨日は寝込んじゃって。それよりっ！　ケイコちゃんが奴隷ってどういうこと！　藤原《ふじわら》くんっ！」

「さーさん、元気出た？」

さーさんが凄い勢いでふじやんの肩を揺すっている。

「お、落ち着いてくだされ、佐々木《ささき》殿。ケイコ殿はもともと太陽《ハイランド》の国で生活をしていたようなのですが、タチの悪い貴族に騙《だま》されたようで、多額の借金を背負ってしまったとか……。今は奴隷に身を落とし、近々開催される奴隷市場に商品として登録されているのを、拙者が偶然発見したのです」

「そ、そんなっ⁉」

ふじやんの説明に、さーさんが悲痛な顔をする。ふじやんも苦し気な表情で、シリアスな空気に包まれる。

い、いかん、顔が思い出せないなんてとても言い出せない。

「さーさんは、河北さんと仲が良かったの？」

とりあえず、会話で誤魔化そう。

「うん、たまに一緒に遊んでたよ。ちょっと性格キツイけどいい子だよ」

「そうでしたな……佐々木殿とケイコ殿は、友人でしたな」

さーさんの友達かー。じゃあ、放っておけないか。

「で、ふじやんは河北さんを助けたいんだよね？」

今の流れなら間違ってないはず。

「そうだよっ！　助けなきゃ！　でも、……どうやって？」

「さーさん、奴隷ってことはお金で解決できるんじゃないかな？　なぁ、ふじやん」

日本人だとピンと来ないが、つまりは人身売買だ。だったら、ふじやんの豊富な資金力があれば問題ないはず。

「それが……そうはいかぬのです」

ふじやんの表情は暗い。話を聞くと異世界人の奴隷は、非常に価値が高く簡単にはいかないらしい。理由は異世界人が所持している強力な『スキル』のせいだ。

河北ケイコさんも希少なスキルを所持しており、その商品価値は相当なものだとか。

「奴隷市場は通常、オークション形式で最も高額を提示した者が、持ち主となります。が、ケイコ殿に限ってはすでにとある名門貴族が所有者になることが決まっているそうなのです。あえて人前に出すのは、その貴族の威光を示すためだとか」

「なにそれ……」

ふじやんの言葉に、さーさんが不快感を示す。確かに、あまりいい趣味とは思えない。

（しかし、河北……ケイコさんか。……ダメだ、全然思い出せない。何となく記憶にはあるんだけど……）

（マコト、水の神殿であなたの最弱ステータスやスキルをバカにしてきた三人組って覚えてない？）

（三人組？）

俺のことをバカにしてきたと言えば、北山《きたやま》と、岡田《おかだ》くんと……、あー！　思い出した！

二人と一緒にいたギャルっぽい子だ！　全然、親しくない、というか苦手なタイプだった！　あの子かー。そっかー、奴隷になっちゃったのかぁ。

それにしても。

「ふじやんって、河北さんと仲が良かったっけ？」

社交的なさーさんはともかく、ゲームオタクの俺やふじやんとは、真逆の人種だけど。

河北さんって。

「ケイコ殿は家が近所で、保育園の頃からの知り合いなのです。高校に入ってからは、まったく話さなくなりましたが、流石《さすが》に奴隷になっているところを見て見ぬふりは……」

「そっか、藤原くんとケイコちゃんって同じ中学だったよね。そっかー、幼馴染《おさななじみ》だったんだ！」

さーさんが、ぽんっと手を打った。はぁー、なるほど。そーいう関係性か。

（俺の場合だと、桜井《さくらい》くんが奴隷に……いや、逆か。俺が奴隷のパターンのほうが可能性高いか）

そこを颯爽と助けに現れる桜井くん。うん、普通にあり得そうで怖い。

って、バカなことを考えている場合じゃない。

（まあ、やることは決まったな）

「じゃ、ふじやん。河北さんを助け出す計画を立てよう」

「うん！　高月《たかつき》くん、ケイコちゃんを助けよう！　あ、高月くん。あとでちょっと、話があるんだけど……」

「え、うん。わかった」

さーさんからの相談か。何だろう？

「お、お待ちくだされっ！　タッキー殿に佐々木殿。ケイコ殿を所有することが決まっている貴族は、火の国《グレイトキース》でも有数の名門貴族。しかも、黒い噂《うわさ》の絶えない人物です。無理な救出には、危険を伴う恐れが……」

ふじやんが、慌てて警告をしてくる。

「藤原くん！　友達を助けるのに危険を恐れちゃダメだよ」

さーさんは、相変わらず男前だなぁ。

「ふじやん、困った時は助け合うもんだろ」

「タッキー殿、佐々木殿……恩に着ますぞ」

俺たちは頷《うなず》き合った。

「でも、どうやって助ければいいのかな？　私がこっそり乗り込んでさらってくればいいかな？」

さーさんが、過激なことを言う。

「それは無理でしょう。奴隷には『隷属』の首輪が付いているのですが、それを外すには20桁の解除コードが必要なのです。解除コードを知っているのは、奴隷管理組合の長だけなのです」

「そっかぁ、じゃあダメだね」

さーさんがしょんぼり肩を落とす。

「……異世界セキュリティ、厳しくない？」

中世風ファンタジーなんだし、もっとゆるい管理しようよ！

「奴隷の管理は、この世界で最も厳しいとも言われております。曲がりなりにも、『命』を商品としているわけですからな」

「はぁ……、なんと言えばいいのか」

世知辛い。ゲームのように簡単にはいかない。

「なので、奴隷となったケイコ殿を助けるには、新しい主人になる予定の貴族から所有権を譲り受けるしかないのです」

「でも、それの貴族って悪い貴族なんだよね？」

「……自己顕示欲の強い人物だと言われております。あと非常に強欲だとも」

ろくなヤツじゃなさそうだなぁ……。さーさんとふじやんが暗い表情になる。

（うーん……）

考えをまとめてみる。目標は、クラスメイトを助けること。

敵は、悪徳貴族。真っ当な方法では、攻略できない。

ならば――

「わかったよ、ふじやん。つまり、あれだな」

「ほう？」

「高月くん、いい考えがあるの？」

俺の言葉の続きを、ふじやんとさーさんが期待の目で待つ。

ここまでの条件が揃《そろ》えば、やることは一つだ。

「攻略方法は、悪徳貴族の……暗殺だな！」

「「……」」

（……）

静寂が訪れた。おや？

「違いますぞ、タッキー殿」

「間違ってるよ、高月くん」

（マコト、バカなの？）

友人二人と、女神様《ノア》に総ツッコミを受けた。

あ、あれ～？　間違ってたかぁ。ま、まあ、そうだよな。

スイマセン、ゲーム脳でした。考え直そう。

「いや～、冗談冗談」と頭をかきながら言おうとした時。

優しい声が、天から響いた。

（マコくん～、殺したい人が居るなら、事前に教えてね☆　火の女神《ソール》ちゃんに伝えておくから。事前に調整しておけば、問題ないわよ☆）

「…………………………え？」

いつも通りの水の女神《エイル》様の声。まるで、世間話をするような。今日の天気について会話するような調子だった。

（あ、あの……水の女神《エイル》様？）

（んー、どうしたの？　マコくん）

（暗殺してもなんとか、……なるんですか？）

（ええ、なるわ。余裕よ）

余裕なんだ……。

（その分の対価は支払ってもらうけどね☆）

（あんた、また無茶言うつもりでしょ？　言っておくけど改宗はダメよ）

エイル様にノア様が、ツッコミを入れる。

（マコくんが、水の女神に改宗してくれるなら、『暗殺』許可しちゃうんだけどなー）

（……いえ、それはちょっと……）

やっぱりこの水の女神様《ひと》は、どこまでも支配者だ。

まるで子供の我《わ》が儘《まま》を聞いてあげるみたいに、欲しいおもちゃを買ってあげるとでも言わんばかりに、人の生死を決定してくる。

「タッキー殿？」

「高月くん」

急に険しい表情をして、固まった俺を心配して二人が声をかけてきた。ちなみに、女神様の声はふじやんの『読心』スキルでも聞こえないらしい。

「あ、ああ、ゴメンゴメン。何かいい方法はないかなーって、考えてた」

（エイル様の案は、保留にしておきますね。その場合、対価は改宗以外でお願いします）

心の中で、エイル様に告げた。

（はーい、了解～☆）

（マコト……あんまり、他宗教の女神と取引し過ぎるのは注意しなさい。破滅するわよ）

（は、はい、ノア様）

気を付けよう。

——女神様との取引。

これは、凄《すさ》まじい裏技だけど、下手すると自分の身を滅ぼしかねない気がする。

俺は一旦、意識を目の前の二人に向けた。

ふじやんとさーさんも、何か案はないか頭を捻《ひね》らせているようだ。

「ねぇねぇ、ソフィーちゃんにお願いしてみるのはどうかな？」

「あ、それいいかも」

さーさんの発案に、俺も同意した。

他国とはいえ、王家であるソフィア王女のお願いなら無下にはされない気がする。

「それは……試してみないとわかりませぬが、今回の相手の貴族は、火の国《グレイトキース》の王族にも顔の利く人物。ローゼス王家と言えど、素直に応じてくれる保証がないのです……。そして、下手に揉《も》めると、ローゼス王家にまでご迷惑をかけることになるので……」

「そっかぁ……」

やっぱり外国には、ローゼス王家の影響力弱いなぁ。

「なので、今は間者《スパイ》を使って情報を集めている所なのです」

「す、スパイ……」

さーさんが目を丸くする。ふじやんってやってることがもう、高校生じゃないよね。

「相手の弱みを握って、交渉《おど》するってこと？」

脅迫も違法な気がするが、暗殺に比べればはるかに真っ当だ。

「いえ、それは下策ですぞ、タッキー殿。相手ははるか格上の貴族。そのようなことをしても恨みを買うだけ。拙者が探っているのは、相手が欲しているものです。かの人物にとってケイコ殿はどうしても欲しいモノというわけでなく、あくまで高級なコレクションの一つ。より相手にとって望ましいモノを使って交換を申し出れば、取引に応じてくれるはずです」

「な、なるほどー……」

「流石、藤原《ふじわら》くん」

俺とさーさんは、只々《ただただ》感心するだけだった。俺みたいな素人とは、視点が違う。やっぱりここはふじやんに任せるしかないかぁ。

「ちなみに、その悪徳貴族の名前は？」

「ブナハーブン家の三男。マルタン・ブナハーブン。火の国《グレイトキース》において、多くの海軍将校を輩出している名家の出身ですな。ただし、マルタン殿自身は、軍には属しておらず散財ばかりしている道楽者ですが……」

ブナハーブン家、……聞き覚えはないが軍事国家の火の国《グレイトキース》において、軍の関係者は絶対に手を出してはいけないと言われている。やっかいな相手だ……。

「できることは少ないかもしれないけど、考えてみるよ」

「うん、私も！」

俺とさーさんが言うと、ふじやんは申し訳なさそうに「助かりますぞ」とお礼を言った。

しかし、名門貴族か。ダンジョン攻略みたいに、簡単には行かないだろうなぁ。ここで、ふと思い出した。

「ところで、さーさんの話って何？」

忘れないうちに、聞いておかないと。

「拙者は、席を外しますぞ」

「ううん、藤原くんも居ていいから……えっとね」

さーさんが、ほおを掻《か》きながら、少し躊躇《ためら》いがちに言った。

「私……もうちょっと、強くなれないかなぁって……」

「さーさん……」

やっぱり灼熱《オルガ》の勇者に、手も足も出なかったことを気にしてたのか。

「あれは、俺が水《ローゼス》の国の勇者だったせいで絡まれただけで、さーさんは被害者だよ。それに、負けたせいで色々と変な噂《うわさ》を流されているのは俺のことだけだし」

「ううん、でも私があいつに簡単に負けなかったら、きっと高月《たかつき》くんの助けになったはずだから。だから私は強くなりたい」

さーさんは、力強く言い放った。

「しかし、佐々木《ささき》殿。強くなったと言っても灼熱《オルガ》の勇者に戦いを挑むわけにはいきますまい。彼女は、火《グレイトキース》の国の重要人物。こちらから気軽に会いに行くのは難しいですぞ？」

「確かに、強くなっても再戦できなきゃ意味がないよね」

ふじやんの言葉に、俺も頷いた。

「それなら大丈夫！　ソフィーちゃんに聞いたんだけど、今度開かれる火《グレイトキース》の国の『武闘大会』で優勝すると、灼熱《しゃくねつ》の勇者オルガとの特別試合《エキシビジョンマッチ》が組まれるんだって。それなら問題ないでしょ？」

「へぇ……、でも灼熱《オルガ》の勇者は武闘大会に参加しないの？」

「その理由は、有名な話なので拙者が知っていますぞ。何でも過去の武闘大会で灼熱の勇者オルガが三年連続で優勝してしまい、大会が盛り上がらなくなったので、彼女の出場は禁止になったとか。しかし観客は灼熱《オルガ》の勇者の勇姿が見たいということで、大会の優勝者との特別試合《エキシビションマッチ》というルールになったんだとか」

「な、なるほど……」

本当に、ぶっとんだ戦闘力なんだな。

「高月くん！　どうかな？」

さーさんの目を見ると、完全にやる気モードになっている。

（さーさん、こうなったら頑固だからなぁ）

多分、止めても無駄だろうし。まあ、強くなりたいというならやることは一つだ。

ちらっと、ふじやんのほうを見ると目が合った。ふじやんが、小さく頷《うなず》く。

（多分、同じこと考えてるな）

「ふじやん、ついに例のアレが役に立つ時が来たね」

「そうですな。出番は、ないと思われていましたが」

「??」

俺とふじやんの言葉に、さーさんがついて行けず首を傾《かし》げた。

「高月くん？　藤原くん？　どーいう意味？」

俺はさーさんの問いに、力強く返した。

「さーさん、レベルを上げて物理で殴ろう」

◇

さーさん。本名は佐々木アヤ。

異世界転生により、現在の種族はラミア族。レベルは35。身体能力《ステータス》は、冒険者ランクがゴールドのニナさんをゆうに超えている。そしてさーさんは、異世界に来て一度も修行したことがない。なぜなら、最初から強かったから。

大迷宮《ラビュリントス》では、生活《サバイバル》していただけ。あとは、ニナさんに格闘技の真似事《まねごと》を少し教わったくらい。扱っている武器は、ローゼス王家の宝物庫で埃《ほこり》を被《かぶ》っていた『鬼神槌《きじんつい》』。普段は、ほとんど使っていないので、ただのアクセサリになっている。

ルーシーは、毎日五時間《集中力の限界》の修行。俺は、毎日十二時間《気絶したら終了》の修行。さーさんの修行時間はゼロ。

「私、高月くんのパーティーの裏方だから」

そう言って旅の荷造りを全部やってくれたり、料理を作ってくれたり、買い出しをしてくれたりして、基本的にはサポート役に徹してくれている。

それでも――うちのパーティーの『最強』はさーさんである。

王級魔法を覚えたとはいえ、ルーシーの魔法はコントロールが悪い。俺に至っては、さーさんにデコピン一発で吹っ飛ばされる。

つまり――本気で修行したら、どこまで強くなるのか想像もつかない。

「ここ寒いんだけど、マコト！」

いつもの薄着のルーシーが、自分を抱きしめるようにして震えている。

「そんな恰好《かっこう》してるから」

俺は、自分の上着をルーシーに貸した。

「ねぇ……私の騎士。こんなところに何が居るのよ？」

頭から毛布を被って顔だけ覗《のぞ》かせているのは、フリアエさんだ。その恰好、優雅じゃないよ姫、って言ったら殴られた。

ここは、火の国《グレイトキース》の王都ガムランから数十キロ離れた場所。巨人の腰掛け《ギガントチェア》と呼ばれる、巨大なテーブルマウンテンが数多く並んでいる辺境の地だ。

テーブルマウンテンの山頂は、地上からの標高は千メートル近くあり、切り立った崖は人の足では登れない。そして、灼熱の荒野である火の国《グレイトキース》の平野と違い、高地の気温は非常に低い。俺たちは、今そこに立っている。

「絶景ですなぁー」

「壮観だね」

ふじやんと俺は、崖から見下ろすオレンジ色の広大な大地を眺めながら呟《つぶや》いた。この場所には、ふじやんの飛空船で連れて来てもらった。

「あ、危ないよ、高月くん」

「旦那様、気を付けてくだサイ」

絶壁近くで景色を眺めていると、さーさんとニナさんに注意された。浮かれ過ぎたか。

俺は、さーさんのほうへ振り向き言った。

「さーさん！　じゃあ、レベル上げをしよう！」

「え、えーと……うん、どうやって？」

あ、説明してなかったか。いきなり連れてきたもんな。

「ご説明しましょう！　佐々木殿。このテーブルマウンテンはその高さゆえ、普通の冒険者は来ることができず希少な魔物が多く生息しています。さらに百以上あるテーブルマウンテンのうち、我々が今立っている場所にこそレベル上げに最適な魔物『白金《プラチナ》トカゲ』の巣があるのです！」

「白金《プラチナ》トカゲをたくさん倒せば、あっという間にレベルMAXにできるよ。やったね、さーさん！」

「そ、そうなんだ……」

俺やふじやんのテンションの高さと比較して、さーさんは若干引き気味だ。ホワイ？

「ねぇ、マコト。なんでそんなことを知ってるの？」

俺とふじやんの説明にルーシーが口を挟んだ。

「おいおい、ルーシー。ＲＰＧでレベル上げのための狩場を探すのは常識だろ？」

ふー、やれやれというジェスチャーをすると。

「なんか私の騎士のテンションが高くてウザいわ……」

フリアエさんに冷たい目で見られた。ノリ悪いなぁ。

「ところで、その『白金《プラチナ》トカゲ』って言うのはどこにいるの？」

さーさんがキョロキョロと周りを見渡している。

標高千メートル強の高台の上は、岩肌と背の低い雑草が生えているだけでぱっと見ただけでは、生物が見当たらない。

「そうデス、高月様、旦那様。『白金《プラチナ》トカゲ』は発見するだけで半日かかるという魔物。しかも臆病で、滅多に人前には姿を現しまセン。だからこそ、冒険者もわざわざここに来ないわけですガ……」

ニナさんも心配そうにこちらを見つめてくる。ふっふっふ、その点は抜かりないのですよ。俺とふじやんは、ニヤリと笑い合った。

「ルーシー、火を頼む。でっかいやつ」

「ええ、うん。寒いからいいけど……火弾《ファイアボール》」

ルーシーが杖《つえ》を振るうと、小屋くらいの巨大な火の玉がふわふわと出現した。

「これ、どうすればいいの？」

「しばらく、そのままで維持しておいて。姫、魅了魔法お願い」

次にフリアエさんに声をかける。

「私？　魅了魔法って誰に？」

「白金《プラチナ》トカゲは、熱を好む。でも、今は俺たちがいるから臆病な白金《プラチナ》トカゲは出てこない。それを姫の魅了魔法でおびき出して欲しい」

「あんた、本当に人使い荒いわね……灼熱《オル》の勇者《ガ》に襲われた時は、私のこと放置してたくせに」

おっと、まずい。ちょっと、お怒りだ。

「いやいやいや、姫は物陰に隠れてたから安全だと思ってたんだよ」

「ふーん、本当かしら。あなた、私の守護騎士ってこと忘れてない？」

「大丈夫、大丈夫。ちゃんと守護《まも》るから」

「……ふん、次忘れたら許さないわよ」

弁明すると、一応納得してくれたようだった。フリアエさんが、被っていた毛布をばさっと放り投げた。

「おっと」

ニナさんが、慌ててキャッチする。

「じゃあ、行くわよ。魅了魔法を歌声に乗せるから、みんなは耳を塞いでおいて。……私の騎士以外」

「高月くんは、大丈夫なの？」

「マコトは、耳塞がなくて平気？」

フリアエさんの言葉に、ルーシーとさーさんが怪訝《けげん》な視線を向ける。

「私の騎士には、どーせ魅了魔法が効かないから」

「とか言って、マコトを誘惑しようとしてない？」

「ダメだよ、ふーちゃん。抜け駆けは」

「しないからっ！　二人とも目が怖いのよ！」

フリアエさんが、ルーシーとさーさんから距離を取った。

「……んっ、じゃあいくわよ」

すぅ、とフリアエさんが大きく深呼吸した。胸の上あたりに手をそえ、大きく口を開く。


「〜〜〜〜〜〜〜〜〜〜〜〜〜〜♪」

フリアエさんの透きとおった歌声が響く。風に乗る美しい声を聞くだけで、癒やされてくるような錯覚を覚えた。

(流石《さすが》だな……)

いつか大迷宮《ラビュリントス》で聞いたハーピーの女王の歌声とは、比較にならない美しい音色。

気が付くと、周りから鳥や虫が集まりフリアエさんの歌声に聞き入っている。そして、岩陰からキラキラと光る小さなトカゲが這《は》い出てきた。そろそろとルーシーの火弾《ファイアボール》の近くに集まっている。

その数は、およそ数十匹。

「おお～、出てきた。大漁大漁」

俺がフリアエさんに笑顔を向けると、返ってきたのは白けた視線だった。

「……以前、はぐれ竜を操ってやった最上の魅了魔法を使ったんだけど。何ともないの？」

「何ともあったら困るだろ」

「ちょっとくらい、魅了されなさい」

隙あらば魅了してくるの、ヤメテくれませんかねぇ。ノア様じゃあるまいし。

俺は耳を塞いでいるみんなの方を振り向き、さーさんの肩を叩《たた》いた。

(さーさん、倒しちゃって)

(う、うん……なんかズルい気がするけど……。でも、強くならなきゃっ！)

さーさんは、覚悟を決めた顔をした。手に持っているのは、『鬼神の槌《つち》』。さーさんの姿が、かき消える。さーさんの『アクションプレイヤー』スキルの『ダッシュ』攻撃と『隠《おん》密《みつ》』スキルの合わせ技で、白金《プラチナ》トカゲを一気に倒した。

——さーさんは、一気にレベルが上がった！


「勇者マコト、今日はレベル上げに遠くまで行っていたのでしょう？　休まなくていいのですか？」

宿の中庭で修行をしていると、後ろからソフィア王女に話しかけられた。

ちなみに、ソフィア王女が宿泊している宿だけあって、中庭には美しい人工池と噴水があり、水の精霊たちが楽しそうに遊んでいる。

というか、こんな水辺じゃないと精霊がまったく居ない。俺は中庭の芝生に座って、水の精霊と話をしながら水魔法を修行していた。

ちなみに、さーさん、ルーシー、フリアエさんは夕食のあと宿にある大浴場に行って、その後は部屋で女子トークしているらしい。ふじやんは、ニナさんと仕事だと言って出かけている。

「ここ、座りますね」

「え？　あ、はい」

ソフィア王女が、俺と同じように地面——芝生の上に腰を下ろした。しかも、その背中を俺の背中にもたれるように身体《からだ》をあずけてきた。

「あ、あの」

背中にソフィア王女の柔らかい肌の感触が当たる。

「私だけ仲間外れにしてくれましたね」

背中を向けて会話しているので、お互いに顔が見えない――とソフィア王女は思ってそうだが、俺はこっそり『RPGプレイヤー』スキルの視点切替で、表情を確認した。

（めっちゃ、拗《す》ねた顔してる……）

一応、伝言は残したんだけどなぁ。直接、言いに行ったほうがよかっただろうか。

「レベル上げは、順調ですか？」

表情はともかく、口調だけは冷静にソフィア王女が質問してきた。

「今日だけで、30上がりましたよ」

いやぁ、流石は経験値の塊『白金《プラチナ》トカゲ』。地道なレベル上げが、アホらしくなる。

「さっ……、30!?」

流石に冷静さを保てなかったのか、ソフィア王女がこちらに振り向き、長い髪が俺の後頭部を撫《な》でた。俺も振り向いたので、至近距離で顔と顔が向い合わさる。

「「……」」

数秒、見つめ合った。

「そ、それではアヤさんは、相当強くなりましたね」

顔を赤らめつつソフィア王女が、頼もしそうに言った。

「いえ、残念ながらまだまだ、灼熱《オルガ》の勇者には届かないみたいです」

さーさん曰《いわ》く、少ししか戦っていないが、灼熱《オルガ》の勇者には、遠く及ばないらしい。二人とも強過ぎて、俺には、さっぱりわからない次元である。

「武闘大会には間に合いそうですか？」

ソフィア王女は、心配そうな表情を浮かべた。

火の国《グレイトキース》の武闘大会まで、残り二週間ほど。さーさんが出場することは、ソフィア王女には報告している。少し心配されたが、反対はされなかった。一応、安全に配慮されたスポーツ大会のような位置づけなので、命の危険はない。

守護騎士のおっさんに「勇者殿は出場しないのですか……」と残念そうに言われた。

水の精霊が使えない俺は、参加する気はない。

「残り二週間で、できる限りのことはしますよ。一応、裏技も考えているんで」

「わかりました、では楽しみにしていますね」

ソフィア王女の表情が、柔らかくなった。が、すぐに険しい表情に変わる。

「もう一点。これは藤原卿《ふじわらきょう》に聞いたのですが……あなたの仲間が、ブナハーブン家の貴族に奴隷にされかかっているとか……」

河北《かわきた》ケイコさんのことか。

「そっちは、ふじやんの調査待ちですね」

「申し訳ありません……ブナハーブン家は火の国《グレイトキース》の軍部に影響力が強い貴族。普段、水の国《ローゼス》で魔物被害が出た時に、支援を受ける事が多く強くは出られないので……」

しょんぼりとした顔をさせてしまった。やっぱり、相手のほうが強かったかぁ。

「仕方ないですよ、そればっかりは。あ、でもそう言えば……太陽の国《ハイランド》の桜井《さくらい》くんか、ノエル王女経由でその貴族に話をつけてもらうことはできませんか?」

救世主の生まれ変わりと、太陽の国《ハイランド》の次期国王。これなら流石に無視できないだろう。

が、ソフィア王女の顔は曇ったままだった。

「太陽の国《ハイランド》と火の国《グレイトキース》は、全体の国力の差はあれど、軍事面では競合する立場にあります。特に、火の国《グレイトキース》は次の魔族との戦争『北征』で、太陽の国《ハイランド》より大きな戦果を挙げ、大陸の盟主になることを狙っています。このタイミングで、話を持ち込むのは難しいでしょう……」

「そうですか……」

まあ、それくらいふじやんもとっくに考えてるよなぁ。上手《うま》い話は転がっていない。

(最後の手段は、水の女神様《エイル》との取引……か。でも)

ノア様の言葉が蘇《よみがえ》った。迂闊《うかつ》な神との取引は、破滅を招く。多用は危険だ。

地道に、コツコツいこう。俺は、それしかできない。

「そろそろお休みでは？　夜更かしは、美容に悪いですよ」

ソフィア王女に声をかけた。俺はもう少し修行を続けようかなと思っていたのだが、なぜか腕を掴《つか》まれた。

「勇者マコト、あなたも修行のし過ぎは身体に毒です。そろそろ寝なさい」

「いや、俺はもう少し修行を……ちょっと、引っ張られると」

凄《すご》い力で、ソフィア王女に引きずられた。

（まあ、俺のステータスが低過ぎる訳だけど……）

水の女神《エイル》の巫女《みこ》であるソフィア王女に、腕力で勝てるはずもなく。その日は、自分の部屋に無理やり押し込まれた。

◇

それから昼はさーさんのレベル上げ。

夜は奴隷になったクラスメイトを助ける手がかりを求め、酒場で情報収集を行った。

火の国《グレイトキース》に到着から五日後。

——さーさんのレベルは『99』になった。

「はろー、マコくん。アヤちゃんのレベル99オメデトー☆」

「はあ……、ありがとうございます。エイル様」

ニコニコと手を振る水の女神《エイル》様。この女神いつまで海底神殿に居座ってんの？

ここは女神《ノア》様の空間。隣には神妙な顔をしているノア様が居る。

「どうされました？　ノア様」

「最近、エイル以外の女神もマコトを気にしているらしいのよね～」

ノア様の言葉が一瞬理解できず、返答に詰まる。他の女神様……？

「魔王ビフロンスを倒したのが決め手だったねー。太陽の女神《アルテナ》姉様や火の女神《ソール》ちゃんもマコくんに興味を持ったみたい。やったねマコくん！」

「あんたが詳しく説明したからでしょうがっ！　どうしてくれるのよ」

エイル様の言葉に、ノア様がキー、と怒りの声を上げる。

「まぁまぁ、ノア。落ち着いて。マコくんが少し監視されるってだけだし」

「……それって大丈夫なんですか？」

この世界では邪神と扱われているノア様。

その使徒も監視対象にされてしまった。異端審問とかされないだろうか。

「まあ、今のところマコトの行動は人族寄りだから大丈夫だと思うけど」

「その割に、火の女神《ソール》様の勇者にいきなり襲われたんですが」

「んー、あれはオルガちゃんと火の国《グレイトキース》の上層部が勝手にやっただけで、火の女神《ソール》ちゃんの指示じゃないわよ、マコくん」

エイル様が、さらりと裏事情を教えてくれた。

(ソフィア王女の予想した通りだったわけか)

しかし、火の国《グレイトキース》の上層部が絡んでいるって話は、あまりよろしくない。

もしかすると武闘大会でも、何らかの邪魔が入る可能性が……。

「んー、それはないと思うわよ？　マコト」

「そうね、火の女神《ソール》ちゃんは戦女神だけあってまっすぐな性格だから、不正とかすっごい嫌いなんだよねー」

「へぇ」

それはいいことを聞いた。武闘大会の運営側に仕組まれたら、どうあってもさーさんは優勝できない。どうやら大会の運営は真っ当らしい。

「ふふふっ、そもそもアヤちゃんは優勝できるかしら？」

「エイルは性格が悪いわね。マコトが私たちに会いに来たのは、アヤちゃんについて聞きたいことがあるんでしょ？」

「はい」

全部見抜かれてるなー。今日の昼にさーさんを含め、仲間たちと会話したのだがレベルが99になったさーさんでも、灼熱《オルガ》の勇者には勝てないとさーさんが言っていた。

レベル99で勝てないって、どーすりゃいいんだよ……。

「ふふ、オルガちゃんもレベル99だもの。あの子、戦闘狂だから」

「それだけじゃないわ、灼熱《オルガ》の勇者は『熱気』を闘気《オーラ》に変えることができる。光の勇者が、『太陽の光』を闘気《オーラ》に変えられるようにね。火の国《グレイトキース》だと、オルガちゃんは絶対的な地の利があるわ」

水の女神《エイル》様とノア様が解説してくれた。そういうわけか……。道理でデタラメに強いと思った。

「じゃあ、やっぱりあの方法しかないですね……」

俺は昼間にさーさんとふじやんと打ち合わせした内容を思い出した。

ふじやんに指摘されて気付いた、さーさんの固有《ユニーク》スキル。

『アクションゲームプレイヤー』スキル、『変化《へんげ》』スキル、そして……。

『進化』スキル……。

さーさんの魂書《ソウルブック》に書かれていたスキル。

効果は予想できる。なんせ、進化だ。コ○キングだって、進化すればギャ○ドスになってめっちゃ強くなる。きっと『進化』スキルを使えば、さーさんの強さはさらに上がるはずだ。

「問題は、進化の方法がわからないってわけね」

ノア様がニヤリとした。

「ええ、物知りのふじゃんやソフィア王女、ルーシーやフリアエさんも知りませんでした」

そもそも魔物の生態は謎が多い。『進化』の方法を調べたが、冒険者ギルドの情報掲示板や魔法図書館の本にも載っていなかった。

「えっとね～、マコくん。進化をするにはあるアイテムが必要で……」

「だー、エイルが言わなくていいのよ！　マコトは私に会いに来たんだから！」

「ああ、ケンカしないでください。お二人とも」

話が進まん！　何としても進化の方法は、教えてもらわないと。

「いい、よく聞きなさいマコト。『進化』をするには『魔石』が必要なの。特に強い魔物ほど大きな魔力《マナ》を秘めた魔石を使って進化することができるわ」

ノア様が指を立てて、ちょっと得意げに教えてくれた。

「魔石……」

俺は、上着のポケットをあさり紅《あか》い魔石を取り出した。

魔王ビフロンスが倒れた時に、拾った魔石。こいつを使えば良いのだろうか？

「はいー、アウトー」

「うわっ！」

水の女神様《エイル》にいきなり後ろから抱きつかれた。

あれ、さっき前に居たような。

「マコト、そっちじゃないわ。以前、大迷宮《ラビュリントス》でハーピー女王《クイーン》を倒した時に手に入れたラミア女王《クイーン》の魔石を使いなさい」

「え、でも……」

魔王の魔石のほうが、より強くなれるんじゃないだろうか？　そんな俺の心の内を読んだのか、エイル様が耳元で囁《ささや》いてきた。

「魔王の魔石を使うと、アヤちゃんが魔王になっちゃうわよ？」

ノア様が冷静に言い放った。

「うふふ、そしたらマコくんが、アヤちゃんを討伐しないとねー」

「え？」

何だって!?

「ま、絶対そうとは言い切れないんだけどね。ただ、魔王の魔石は、強過ぎるの。アヤちゃんが使うのは、やめておいたほうがいいわ」

「そうそう、失敗して人格が変わっちゃうかもしれないしねー」

「し、失敗することがあるんですか？」

それは考えてなかった。

「ラミアの女王の魔石なら、同じ種族の物だからまず失敗しないわ」

「よかった。なら安心ですね」

ノア様の言葉に、ふー、とため息をついた。

「魔石の使い方はわかる？」

とエイル様が、優しく聞いてきた。

「いえ、どうやるんですか？」

今日の水の女神《エイル》様は親切だ。

「まずタイミングが大事よ。『進化』を行うには深夜0時がベストなの。古い自分を捨て、新しく生まれ変わるスキル。世界に死が満ちている深夜に進化の儀式を行いなさい」

「あとは、進化の前は身体《からだ》を十分清めて、なるべく身に物を着けないこと。要は『生まれたままの状態』を意識することが大事ね」

「なるほど、わかりました」

エイル様の言葉を、ノア様が引き継いだ。俺は二人の言葉を忘れないよう、真剣に耳を傾ける。

「そして、準備ができたら魔石を食べなさい」

「た、食べる!?」

「そ。進化できる状態に達していなければ、魔石の魔力《マナ》が身体に取り込まれるだけだけど。アヤちゃんは『進化』するに十分な資格がある」

「レベル上限に達してるから。きっと立派な『ラミアの女王』になれるわ」

女神様の言葉を、頭の中で反芻《はんすう》する。やり方、条件、必要なアイテム。

（うん、理解できた）

これでさーさんに『進化』の方法を伝えられる。

「ありがとうございます、ノア様、エイル様」

俺は深く頭を下げて、御礼《おれい》を言った。頭を下げながら、ふとあることを思いついた。

俺の手元にある『魔王の魔石』をもし、俺が食べたなら……。

「どういたしまして……マコト。あなたがレベル99になって魔王の魔石を食べても、進化はできないわよ」

「マコくん……魔王になりたいの？」

ノア様とエイル様に、同時にツッコまれた。心を読まれたらしい。

「まあ、ダメっすよね」

冗談です、冗談。俺は『進化』スキル持ってないし。……残念。

「ノア～、マコくんってナチュラルに危険思想なんだけど」

「こーいうヤツなのよ。マコト、魔王の魔石なんてマコトが食べたら、膨大な魔力《マナ》に身体が耐えられなくて間違いなく死んじゃうからね。絶対にやっちゃダメよ」

「は、はーい……」

死んじゃうのかー。折角のレアアイテムっぽいのに使い道ないなぁー。

「はあ～、やっぱり私が監視しておいてよかった。ノアの使徒は、毎回問題起こすから」

「ん？」

「え？」

「あ」

エイル様の言葉に、ノア様と俺が一斉に振り向く。

「エイル……あんた今、何て言ったの？」

「エイル様、監視って言いました？」

「あははー☆」

いっけねー、という顔で自分の頭をコツンと叩《たた》くエイル様。可愛《かわい》いけど、可愛くない！

「でも、ノアは気付いてたんでしょ？　私がそのためにここに居るって」

その言葉に、ノア様が嫌そうに口を歪《ゆが》めた。

「薄々ね。どうせアルテナあたりの差し金でしょ」

ノア様が、六大女神の長女の名を上げた。

「それがノアの使徒のパーティーに気を付けるように言ってるのは、運命《イ》の女神《ラ》ちゃんなのよねー。最近は、引き籠ってて顔を見せないけど。正確には『ノアの使徒』と『月の女神の巫女《みこ》』に気を付けたほうがいいって、発言してたんだけど……」

「それ、要するにマコトのパーティーじゃない」

「……」

エイル様の言葉に、不穏なものを感じた。

運命《イ》の女神《ラ》様の言葉。彼女は全ての未来を見通すチカラを持っているとか。なんで、うちのパーティーを気にするんだ？

「ただねー、マコくんもフリアエちゃんもいい子そうなのよねー。マコくんは、たまに危ういけど」

微笑《ほほえ》むエイル様は、何の邪気もない優しい雰囲気だけだった。エイル様、たまに黒いけど優しいなぁ。

「マコト騙《だま》されてるわよ。性格の良い女神なんて一人も居ないから」

「あら、酷《ひど》い。私ってこんなに優しいのに～」

「は、はぁ……」

まあ、優しいとは思う。いつも色々と助言をくれるし。

あ、そうだ。最後にアレを聞かないと。

「ノア様、エイル様。火の国《グレイトキース》って水の精霊が全然居ないじゃないですか」

「そうよ、マコト。だから無茶するんじゃないわよ」

「うん、そーね。マコくんは火の国《グレイトキース》だと雑魚くんだね」

エイル様が酷い！　まあ、確かに役立たずだけど！

「だから、実はこんなことを考えてまして……」

ここ数日、修行をしながら考えていた『新しい戦法』について相談してみた。

それを話すと、ノア様、エイル様共に凄《すご》い表情になった。

――頭のおかしい奴《やつ》を見る目に。

「ねぇ！　マコくん。そんなことするくらいなら水の女神《わたし》に乗り換えるべきだと思うの！

水魔法の聖級スキルあげるから」

「無駄よ、エイル。これがマコトの平常運転だから」

「うっそでしょ？　ただの自殺じゃない!?　水の国《ローゼス》では、自殺を認めていません！」

「適性ないくせに『火魔法の王級』スキル持ちと同調《シンクロ》したり、熟練値が２００程度で水の大精霊《ウンディーネ》操ろうとするんだから。マコトは。頭のブレーキ壊れてるのよ」

「御二人《おふたり》とも言い方が酷い！」

そんなダメな戦法だったかなぁ。

「ダメよ。論外。ソフィアちゃんが泣いちゃいます」

「でもダメって言ってもやっちゃうからなぁー、この子《マコト》」

流石《さすが》ノア様、わかってますね。

「やるなって言ってるのよ」

ノア様に頭を叩かれた。一応、俺の考えた戦法に二人の女神様からいくつか助言を賜った。しかし、今の俺には難しい方法だったらしく最後まで反対をされた。

良い方法だと思ったんだけどなぁ……。

◇

——翌朝の食事時。

長く女神様たちと話をしていたおかげで、あまり眠れなかった。

（……まだ、ちょっと眠い）

だが、やることはある。俺たちは、今後の方針について話し合いをした。

ふじやんは、クラスメイトの河北《かわきた》さんを救うため『買い手』である貴族の情報を集めているが、なかなか決め手となる情報が見つからないらしい。

わかっていることと言うと、河北さんは王都の奴隷市場の中にある、最も警備が厳重な建物に居るということだ。

河北さんは希少なスキルを所持しているだけあって、丁重な扱いを受けているそうだ。

問題は、次の奴隷オークションまで数日しかないことだろうか。

「ふじやん、俺に手伝えることないかな？」

「そうですな……何かあれば、お声掛けしますぞ」

ふじやんの回答は、数日前と同じものだった。表情は冴《さ》えない。

苦労しているなぁ。こういうことは、あまり助力できないのがもどかしい。

あとは世間話をしながら、朝食を済ませた。そして、食後にみんなでお茶を飲んでいる時。

（あ、そうだ。ノア様に教えてもらった『進化』スキルについてさーさんに話さないと）

俺は紅茶を飲みながら、ぽりぽりクッキーを食べているさーさんのほうを振り向いた。

「さーさん。今日の夜、俺の部屋に来てもらっていい？　二十三時くらいに」

「え？　う、うん、いいけど」

たしか『進化』に最適なタイミングは0時と言われた。なら、その少し前から準備を始めるのがよいだろう。

「「……」」

ルーシーとソフィア王女の視線がこちらに向いている。何か言いたそうだが、何も言ってこない。気になるが、今はさーさんの『進化』が大事だ。

「さーさん、来る前にお風呂に入って身体を隅々まで洗っておいて。あとは、なるべく薄着で来てね」

「へっ!?」

さーさんが、素っ頓狂な声を上げた。これはなるべく『生まれたままの状態』を意識するほうが良いってノア様が言っていた大事なポイントだ。

「「…………」」

ルーシーとソフィア王女の視線がますます強まった。フリアエさんが、興味ないのか黒猫《ツイ》と遊んでいる。どうも眠気で、まだ頭が働かない。

でも、女神様の助言を忘れないうちに伝えないと。

「え、えーと。高月《たかつき》くん。私はお風呂に入った後、深夜に薄着で高月くんの部屋に行って、な、何をされちゃうのかな？」

さーさんがモジモジしながら、上目遣いで聞いてきた。何だ『進化』スキルのことを忘れちゃったのかな。

「何って儀式に決まってるだろ」

「ぎ、儀式!?」

なぜ、進化の儀式のことをそんなに驚くんだろう。前から話してたじゃないか。

「わ、わかった。私初めてだけど頑張るね」

「ああ、楽しみだな」

さーさんがどれだけ強くなるか。

「緊張するかも……」

さーさんの顔が赤い。

「大丈夫だよ、俺に任せておいて」

なんせ女神様に教えてもらったのだ。失敗はできない。

「高月くん……優しくしてね」

「ああ、勿論《もちろん》（？）」

俺はやり方を伝えるだけなんだけど。優しくって何だ？

「た、高月サマ。そーいう話題はお二人きりの時ニ……」

「あんた、朝から何を言ってるのよ」

ニナさんが遠慮がちに、フリアエさんが氷のように冷たい眼《め》で睨《にら》んできた。

その横で、ルーシーとソフィア王女が口をパクパクさせている。

（ん～？）

あれ、……何か俺、変な事言ったかな？

「タッキー殿……、変な事しか言ってませんぞ。とりあえず顔を洗って、訂正してくださされ」

『読心』スキルで、全てを悟っているふじやんが冷静にフォローしてくれた。

誤解は、解きました。

◇翌日◇

「体調はどう？　さーさん」

さーさんは、無事ラミアの女王に進化した。

ちなみに進化の様子を、俺は見せてもらえなかった。立ち会ったのは、ルーシーやニナさん。くそ、何でだ！　俺も見たかった！

（はぁ、マコトってさぁ……女心を理解してなさ過ぎ）

（ソフィアちゃん、苦労しそうー）

何すか、女神様たち。

「高月くん、身体《からだ》が怠《だる》いかも……。今日は一日寝てるよ……」

「さーさん、医者に診てもらったほうがいいんじゃないかな？」

現在、久しぶりにさーさんはラミアの姿に戻っている。そして、ベッドの上でゴロンと横たわっており大蛇の下半身がベッドからはみ出ている。

「アヤ……、大丈夫？」

「私の回復魔法でも効果がないようです……」

ルーシーとソフィア王女も心配げにさーさんを看《み》ている。

「でも、顔色はいいし魔力《マナ》の流れも淀《よど》みないから、私の見たところ問題ないわよ。むしろ身体能力が竜《ドラゴン》並みに強化されてるわね」

フリアエさんの見立てだと、さーさんは竜クラスの身体を手に入れたらしい。

「タッキー殿。佐々木《ささき》殿は、進化によってレベル99からレベル1にリセットされております。その急激な変化に身体が戸惑っているのでしょう。しばらくは安静にしているのが良いと思われますぞ」

「そっか、わかった、念のため口が堅い医者を探して欲しいんだけど」

「高月様！　ご心配なく、既に手配済みデス！」

流石、ふじやんとニナさん。気配りが完璧だ。

「ねぇ、アヤ何かいる？」

「うーん、甘い物が食べたい……」

「じゃあ、果物でも剝《む》いてあげるわ」

「わーい」

ルーシーがさーさんの相手をしている。うーん、俺の出番なさそうだなぁ。その時。

「ソフィア様。お客様がいらっしゃいましたっ！」

守護騎士のおっさんが走ってきた。

「今は立て込んでいると断わりなさい」

ソフィア王女がピシャリと言った。

「そ、それが……」

「お邪魔するわね、ソフィア」

戸惑うおっさんの声を遮って入ってきたのは、褐色の肌に踊り子のような薄着の女性だった。ただし、身に着けているアクセサリや靴などが、相当高価なものに見える。

後ろには、ボディーガードらしき屈強な戦士が二人。

（火の国《グレイトキース》の貴族か……？）

ソフィア王女を呼び捨てるあたり、一般人ではあるまい。

「ダリア、急に来るなんて……」

ソフィア王女が、困惑した表情で対応している。ダリア、という名前には覚えがあった。

『火の巫女《みこ》』ダリア・ソール・グレイトキース
言われてみると、ソフィア王女と同じく高貴な雰囲気を纏《まと》っているようにも見える。

あっ！　しまった、さーさんが蛇女《ラミア》の姿のままだった！

後ろに視点を向けると、ルーシーがぱっと毛布でさーさんの下半身を隠していた。

ナイス！

（……この人が火の国《グレイトキース》の巫女）

「あら、そちらで寝ているのが今度の武闘大会に出場する戦士さん？　あとは、あなたがソフィアの婚約者で水の国《ローゼス》の勇者マコトかしら。この前は、私の守護騎士が無礼を働いたようでゴメンなさい。許してくださる？」

あまり誠意を感じない謝り方をされた。

火の巫女の守護騎士は、――オルガ・ソール・タリスカー。別名、灼熱《しゃくねつ》の勇者。

俺たちに絡んできた、例の戦闘狂の勇者である。火の巫女と灼熱の勇者《オルガ》は、幼馴染《おさなじ》みらしい。麗しき見た目の二人は、火の国《グレイトキース》においてアイドル的な人気があるんだとか。

（もしかすると、火の女神《ソール》の勇者を焚《た》きつけた本人かもしれない……）

見た目が良いから、性格が良いってわけじゃないだろう。

むしろ腹黒いと思っておいたほうが、良い気がする。

「はじめまして、高月マコトです」

「お会いできて嬉《うれ》しいわ。水の国《ローゼス》に比べると暑くて過ごしづらいでしょうけど、ゆるりとくつろいでくださいませ」

そう言いながら、ギュッと手を握られた。

（近い）

が、ドキリとするより背中にひやりとする何かを感じた。火の巫女ダリアの目は、俺を値踏みするような、商品を見るときの商人の目だった。

果たして彼女の目に、俺は黄金に見えたか、ガラクタに見えたのか。

「ダリア、離れなさい。何か用事があるのなら、私が対応します」

「あら、もう少し勇者マコトとお話したいのに」

「ダメです」

「あら、ケチ。でも久しぶりにソフィアともお話したいわ」

ソフィア王女が、火の巫女と一緒に奥の部屋へ消えていった。

火の巫女、ダリア・ソール・グレイトキースは火の国《グレイトキース》の王族でもあるそうだ。

であれば、王族の相手は王族が一番だろう。餅は餅屋。

（ソフィア王女に任せよう）

さーさんは、ルーシーが看病している。突如来訪した火の巫女は、ソフィア王女が連れて行った。さて、手持ち無沙汰になったなぁ、と思っていたら、フラフラと外に出ようとする人物が目に入った。

「姫？　どこか出かけるの？」

「散歩に行くわ」

肩に黒猫《ツイ》を乗せて、ドアのほうに歩いている。

――『月の巫女』に気を付けなさい

水の女神《エイル》様の言葉が、記憶に蘇《よみがえ》った。運命の女神《イラ》様に警戒されている月の巫女フリアエ。一人で行かせるのは、危ない気がする。

「俺もついていくよ」

「ふうん、珍しいわね。私の騎士。あらあら、そういえば私の守護騎士だっけ？」

「一人は危ないだろ」

「はっ、適当に魅了して逃げるから平気よ」

などと強がっているが、後をついていくと特に拒否されなかった。

「暑いわね」

「そりゃ、熱帯気候だからね」

「水の精霊を操って、涼しくしなさいよ」

「水の精霊なんてどこにも居ないんだよ」

マジでどこを見回しても、精霊の影すら見えない。きっついわー、火の国《グレイトキース》。

「〜♪」

ただ、暑い暑いと文句を言いつつ、フリアエさんの横顔は楽しそうだった。キョロキョロと物珍しげに、王都の店を見て回っている。

「何か買う？」

露店に売られている服を、興味深げに見ているフリアエさんに声をかけた。

「はぁっ!?　あなた私にこんな露出の多い恰好《かっこう》をさせたいの？　いやらしい！」

フリアエさんが、心外だという目を向けてきた。

確かに、普段ロングスカートのフリアエさんにとって火の国《グレイトキース》の衣装は随分異なる。

だけど、今の服だとこの国じゃあ暑いだろう。火の国《グレイトキース》の衣装は、がっつり肌を露出させたものが多い。ルーシーが好きそうな服だ。

「大体ね、私がそんな恰好したら道行く男共を全員魅了してしまうのよ。そんなことをしたら火の国《グレイトキース》の女の子たちに悪いでしょう？　わかった？」

ふふん、と髪を手で払いならがドヤるフリアエさん。高飛車な仕草も、恐ろしいほど様になる。それからもしばらく、ウロウロとしていたが急に「お腹《なか》が空《す》いたわ」と言い出した。

　確かに、少し空腹を覚える時間帯だ。

　見ると昼時の客の呼び込みを始めているお店がちらほら見える。

「そこの店に入るわよ」

「へーい」

　俺とフリアエさんは、適当な飲食店に入った。店に入って、スパイスのきいたスープと、パリッとしたパンを食べた。

　ココナッツミルクのような甘ったるい飲み物がセットでついてきた。

　黒猫《ツイ》には、焼き魚を注文してあげた。

「変な味ねー」

　と不思議そうな顔をしながら、美味《おい》しそうにフリアエさんは食べていた。

　でも、俺には馴染のある味だった。

「カレーっぽいな、このスープ」

「なにそれ？」

「前にいた世界の食べ物だよ。俺の居た国だと、子供は全員カレー《それ》を食べて育つんだ」

「へぇ、じゃあ懐かしの味なのね」

確かに懐かしい。この国に来てから、色々と大変だったけどご飯が美味しいのは嬉しい。今度、さーさんやふじやんも連れてこよう。俺たちは、出てきた食事を楽しんだ。

「はふ……、ちょっと眠くなったわ」

食事が終わって、フリアエさんが、手に顎を乗せてこっくりこっくりとし始めた。ほどなくして「くぅ～」と小さな寝息が聞こえる。隣で黒猫《ツイ》も丸くなって寝ている。

（疲れてたのかな？）

連日のさーさんのレベル上げに付き合わせたからなぁ。ありがとう、フリアエさん。俺は、しばらく休ませておこうと思い、起きるのを待つことにした。


フリアエさんが、寝て三十分くらい経《た》っただろうか。

「っ！」

急に、フリアエさんががばっと、身体を起こした。目が見開き、汗ばんだ頬に黒い髪が張り付いている。いつもの余裕のある態度でなく、初めて会った時のような何かに怯《おび》えるような目をしていた。

「姫？　どうしたの？」

「……」

俺の問いに、すぐに答えずじっと挙動不審に周りを見渡していた。

「耳を貸して」

フリアエさんは俺の髪を摑《つか》み顔を引き寄せ、耳元で呟《つぶや》いた。

「私の騎士……、火の国《グレイトキース》の王都が壊滅するわ……」

◇フリアエ・ナイア・ラフィロイグの視点◇

私は初めて訪れた火の国《グレイトキース》の街を、のんびりと散策した。
日差しが強い。熱い風が頬を撫《な》でる。汗ばんだ服が、肌にくっつき、違和感に戸惑うが
それも楽しかった。
人々の明るい顔と騒がしい喧噪《けんそう》。水の国《ローゼス》や、木の国《スプリングローグ》とはまた違う空気。
（みんな……楽しそう）
かつて月の国《ラフィロイグ》跡地の地下廃墟《はいきょ》で、ばあやに聞かされた他国の風景。常に薄暗い私の故郷
と違い、燦々《さんさん》と降り注ぐ太陽の光が眩《まぶ》しかった。
つい自分の過去と比較してしまう。
薄暗い地下墓地で、僅かな食料を分け合って食べた幼いころの記憶。度々、神殿騎士《テンプルナイト》に
追われて住処《すみか》を点々とせざるを得なかった苦い思い出。
（不公平な世界……）
知っている。この世界は不公平だ。

（関係ない。私は一人で生きてくから……）

ふとすると、暗い気持ちが押し寄せてくるのを撥《は》ねのけた。折角、初めての国に来たんだ。もっと楽しもう。ここの国の人々は、陽気で見ていて楽しい。

「お、おい見ろよ」

「すっげぇ、美人」

「外国から来た貴族かな」

「にしては護衛が一人だけだぞ」

「とんでもなく強い護衛なんだろ？」

「そうは、見えないけどなぁ。ひょろひょろだぞ」

そんな声が聞こえてきた。男共の視線には慣れている。私は後ろを振り向いた。

キョロキョロと露店の商品を眺めている私の騎士。あなた勇者のくせに、一般人に弱そうって言われてるわよ。この前は、いきなり現れた灼熱《オルガ》の勇者にボコボコにやられてたのに、けろっとしてるし。

（悔しくないのかしら……）

そう思っていた時、ふと木の国《スプリングローグ》の時のことを思い出した。私たちを襲ってきた上級魔族のシューリ。あいつを虫でも捻《ひね》り潰すように、つまらなそうに天使に喰《く》わせた高月《たかつき》マコト。

思い出すと今でもぶるりと震える。

（何を考えてるのかわからないのよね……この男）

今も、ほとんど寝ずに修行しているみたいだし。だから実際のところは、悔しいのかもしれない。ただ火の国《グレイトキース》には水の精霊が全然居ないらしい。大丈夫かしら。

そんなことを考えていると、小腹が空いていることに気付いた。

「ねぇ、私の騎士。そこの店に入るわよ」

客が疎《まば》らに座っている飲食店に入り、高月マコトと一緒に昼食にした。初めて食べる味に少し、戸惑ったけど美味しかった。甘いデザートを食べると、ほっと息を吐く。

今頃魔法使《ルーシー》いさんと戦士《アヤ》さんは、どうしているだろう？　戦士《アヤ》さん、無事『進化』できて良かった。毎日のトカゲ狩りは大変だった。連日の修行に、私も少し疲れていたのかもしれない。気が付くと眠りに落ちていた。


――夢を視《み》た。

人々の悲鳴が聞こえ、血の臭いが鼻をつく。薄暗く土埃《つちぼこり》にまみれた空気。忌ま忌ましいことに、懐かしさを感じてしまった。これは月の国《ラフィロイグ》廃墟の空気だ。

気が付くと、私は瓦礫《がれき》に囲まれて立っていた。

さっきまで歩いていたはずの、火の国《グレイトキース》の王都の家々が全て崩れ落ちている。瓦礫からは、人間の腕や足が生えている。どれもねじ曲がり、ひしゃげ、赤く染まっている。皆、死んでいた。見渡す限りの死体が転がっていた。

　さっきまで、買い物をして食事をしていた街が、死の街に変わっていた。


「はっ！」

　目を覚ました。

（くそっ）

　まただ。運命魔法の『未来視』が発動した。たった今見たイメージは、近い将来に同じことが起きるという予知夢。そして死霊魔法使い《ネクロマンサー》である私には、死が視える。俯《うつぶ》せていたテーブルから顔を上げ、オープンテラスの席から通りを歩く人々を見た。

（あぁ……気持ち悪い……）

　さっきまで楽しそうだった人々が、苦し気に怨嗟《えんさ》の表情を浮かべている。ある人は、腕がねじ曲がり、ある人は片足がなくなり、酷《ひど》い人は首がない。もうこの街を楽しめない。

（はぁ……）

　私は目を閉じて、深くため息をついた。今私が視ているのは、全て幻《まぼろし》だ。

「ああっ！　もう最悪！」

　もはや私にとってこの街の人間は、生きているのか死んでいるのか判別がつかない。

　未来視と死霊魔法《ネクロマンシー》が混じり、これから死ぬ人間が死体にしか見えない。

「姫？」

すぐ近くで声がした。あえてそっちを見ないようにしていた。もしかすると、私の騎士にも死の未来が映っているかもしれない。知り合いの死に顔なんて見たくない。恐る恐る私の騎士のほうを見た。

（変わらない……）

私の騎士、高月マコトは変わらない。死の気配が満ちている街で、いつも通りのとぼけた表情で、こちらを心配そうに見つめていた。

◇高月マコトの視点◇

「私の騎士、今すぐ火の国《グレイトキース》から逃げるわよ！」

「え？」

「いいから！　早く宿に戻るわよ。魔法使いさんや戦士さんを連れて、ここを離れるわよ」

「ま、待って待って。どういうこと？」

突然、フリアエさんが取り乱した様子で、火の国《グレイトキース》を出ていくと言い出した。それをなだめつつ、話を聞き出した。
・火の国《グレイトキース》の民が、近々死んでしまう未来が視えた

・原因は、不明
・俺が巻き込まれるかどうかも、不明
・ただし、このまま火の国《グレイトキース》に留《とど》まることは危険らしい。
「姫、まずはソフィアに相談しよう」

「……わかったわ。でも、すぐに逃げなさいよ」

「ああ」

俺たちは、ソフィア王女がいる宿へ戻った。

幸い、火の巫女《みこ》は帰ったあとだったので、フリアエさんが視たという未来について説明した。話を聞いたソフィア王女は、難しい顔をしていたが、すぐに決意したように告げた。

「火の国《グレイトキース》も、未来視の使い手は所持しているはずです。ですので、何の準備もしていないとは考えづらいですが……、念のため伝えておいたほうがよいですね」

「伝える相手は、火の巫女？」

だったら、追いかけないと。

「いえ、火の国《グレイトキース》の防衛をしている軍部のほうがよいでしょう。折角ですので、勇者マコトも一緒に来てください。火の国《グレイトキース》の将軍をご紹介します」

「わかった」

ちなみに、さーさんは、寝ていたので起こさなかった。くーくー、寝息が聞こえる。さーさんの面倒を看《み》ていたはずのルーシーまで同じベッドで寝ている。仲良いなぁ、ほんと。

気が付くと、黒猫《ツイ》もすぐ近くで丸くなっていた。お前は変わらんなぁ。

俺はソフィア王女に連れられ、火の国《グレイトキース》の城へ向かった。

グレイトキース城は、初めて見るタイプの城だった。雄大美麗なハイランド城や、慎《つつ》ましく風雅なローゼス城のどちらとも異なる。一言で言うと武骨な要塞だ。

分厚いコンクリートのような城壁は、どこまでも高く俺たちを見下ろしている。城内に入ると、全員が鎧《よろい》を着た軍人だった。皆、背筋を伸ばし、きびきびと歩いている。こちらを見ると、必ず敬礼してくる。正確にはソフィア王女を見て、だが。

（落ち着かないな……）

俺とソフィア王女、そして護衛の騎士団と共に城の奥へと案内された。連れられてきたのは、国王への謁見室ではなく巨大な会議室のような部屋だった。その最も奥で、腰かけている大柄な黒髭《くろひげ》の男の許《もと》へ近づいた。ソフィア王女の姿を見ると、男が椅子を立ち頭を下げた。

「ソフィア王女。わざわざご足労いただき、恐れ入ります」

「タリスカー将軍。突然の訪問にお時間いただきありがとうございます」

ソフィア王女と将軍と呼ばれた男が短く挨拶をした。

タリスカー将軍――火の国《グレイトキース》の軍部における最高責任者である。

「初めまして、水の国《ローゼス》の勇者殿。私は火の国《グレイトキース》の全軍を統括しているタリスカーと申します」

「初めまして、高月マコトです。タリスカー将軍閣下」

俺もソフィア王女にならって、頭を下げた。そして、彼については事前に話をいくつか聞いている。灼熱《しやくねつ》の勇者、オルガ・ソール・タリスカーの父親。

そして、彼女をけしかけた可能性が最も高いのが目の前の男らしい。

「それで、この度はどのようなご用件でしょう？　緊急の情報であるとか」

「はい、実は仲間から火の国《グレイトキース》に危機が迫っているという『未来視』の報告を受けました」

「ほう……」

将軍は、少し眉を動かしたのみでほとんど表情を変えなかった。何を考えているか、よくわからんな。

「その『未来視』、もしや水の国《ローゼス》の勇者殿の仲間にいる月の巫女の言葉ではないですか？」

ソフィア王女が小さく息を呑《の》んだ。月の巫女の言葉とバレてるようだ。

　まあ、軍の最高責任者だもんなぁ。諜報部隊《ちょうほう》とかも、持ってそうだし。

「……それを答える必要はありますか？」

「いえ、その御返事《おへんじ》で十分です」

　ソフィアさん、それはほぼＹＥＳと言ってます。将軍の周りにいる男たちは、何も喋《しゃべ》らない。恐らく将軍が口を開けと言うまで、何も言わないのだろう。

　ただ、月の巫女という言葉を聞いた時、小さな敵意の表情を浮かべる者たちがいた。

　俺たちは、あまり歓迎されてないのかもしれない。

「ソフィア王女。ご忠告、感謝いたします。近々開催される武闘大会も控えており、王都に沢山の人々が集まっている。警護をより厳重に行いましょう」

「……そうですか、それでは私たちはこれにて」

　ソフィア王女は、長居する気がないようで話を切り上げた。俺もそれに続こうとして、後ろから声をかけられた。

「勇者マコト殿。うちの娘がご迷惑をかけたようで」

「いえ、お強いですね。流石《さすが》は火の国の勇者《グレイトキース》です」

「言うことを聞かぬ、じゃじゃ馬でして」

　そんなことありませんよ、と言うべきだろうか？　これは、先の襲撃は自分の指示ではないというアピールだろうか？

（わからん）

悩んでも無駄だろう。俺とソフィア王女は、グレイトキース城を後にした。


グレイトキース城から戻り、夕食を終え俺は部屋で一人修行していた。

フリアエさんは、気分が悪いと言って部屋に籠っている。様子を見に行ったが、入ってくるなと言われた。さーさんとルーシーは、宿に戻ってきてからまだ会っていない。

俺が、水魔法で小さなネズミを作って、黒猫《ツイ》と遊ばせていた時。

「高月《たかつき》くん」

ノックをして入ってきたのはさーさんだった。

（え？）

――入ってきた瞬間、突風が吹き荒れたような錯覚を覚えた。

「今いいかな？」

「あ、ああ……うん、大丈夫」

そう言いつつ、俺は少しさーさんに気圧《けお》されていた。外見は変わらない。いつもと同じ人間の女の子の姿。ふじやんの言葉通りなら、レベルは1に戻っているはずだ。

にもかかわらず、魔王や古竜《エンシエントドラゴン》を前にしたような圧倒的な格上感を感じた。

なんだろう……凄《すご》みが増したというか。これが、進化？

「どうしたの？　高月くん、変な顔して」

「いや、なんでも。そういえばルーシーは？」

俺は誤魔化すように言った。

「なんかかね、ふーちゃんが元気ないからって見にいったよ」

「そっか……、確かに昼から元気がなかったような」

本人曰《いわ》く、未来視を使ったら精神力を多く使うから疲れるんだと言っていた。かなり顔色が悪かったし心配だ。その時、さーさんに手をぎゅっと摑《つか》まれた。ひんやりとした感触が、脳に伝わる。

「ねぇ、高月くん。これから二人で出かけよう」

悪戯《いたずら》っぽく笑ったさーさんが、俺の手を引いて窓の外へ飛び出した。

（って、おい。ここ三階なんだけど！）

俺とさーさんは、空中に身を躍らせた。


「わー、空から見るとこうなってたんだね」

「建物が多いなぁ、流石は大陸第二の都市《グレイトキース》」

現在、俺とさーさんは火の国の王都ガムランの上空を飛んでいる。

そして、さーさんは『変化《へんげ》』スキルを使って鳥女《ハーピー》の姿をしている。

「ハーピーは嫌いなんじゃなかったっけ？」

大迷宮《ラビュリントス》でのラミアの仇敵《きゅうてき》であり、家族の仇《かたき》。その姿をとっていることに、違和感を覚えた。

「まぁ、そうなんだけどねー。ずっと戦ってきただけあって、『変化《へんげ》』は簡単だったの」

さーさんが、苦笑いした。もしかすると、過去の辛《つら》い記憶が少しだけ薄れたのかもしれない。それはきっと喜ばしいことだろう。

「で、さーさん。どこに向かってるの？」

「え？　デートだよ。昼間はふーちゃんとデートしてたんでしょー。散歩しようよ」

さーさんは、とぼけた口調で返事をしてきた。

デートかぁ。俺は中学からの付き合いの友人の顔を眺めた。その表情は真剣で、何かを探しているように見える。何か目的があるはずだ。

「ねぇ、高月くん。あのでっかい建物って何かな？」

さーさんの言葉に、意識を引き戻す。

「えっと、あれは円形闘技場《コロシアム》だよ。武闘大会がある会場」

「へぇ、あれが大会の闘技場《リング》かぁ……」

「下見に行ってみる？」

さーさんは、武闘大会にエントリーしている。

大会に出場するなら、一度見ておいても損はないと思う。

「ううん、今日はやめておくよ」

さーさんは首を横に振った。どうやら、武闘大会のことが目的ではないらしい。

となると……。

「さーさんが探しているのは、あれじゃない？」

俺はある方向を指さした。さーさんもそちらに顔を向ける。

「高月くん、あの大きいテントがいっぱいある場所は？」

俺たちの視線の先には、だだっ広い空き地のような場所に、数多くの巨大なテントが並んでいる。テントの大きさは、いつか水の国《ローゼス》で見たサーカスくらいの大きさ。それが何十も並んでいる姿は、異様な光景に見える。そして、そこに何があるのかを俺はふじやんに教えてもらい知っている。

「奴隷市場だよ、さーさん。火の国《グレイトキース》最大の奴隷の取引所だ」

「奴隷市場……」

さーさんの目が険しくなる。

（やっぱり目的は河北《かわきた》さんか）

ふじやんの話では、例の河北さんの買い手の貴族についての有力な情報は得られていない。大規模な奴隷オークションが開催されるまで残り日数は少ない。

「ねぇ、高月くん。ちょっと、寄り道しない？」

さーさんが、こちらへ振り向き真剣な目で見つめてきた。

『火の国《グレイトキース》の奴隷市場に向かいますか？』
はい ←
いいえ

（……ここで選択肢か）

何かがある。もしかすると、虎穴に入る行動かもしれない。が、さーさんの頼みだ。

「行こう、さーさん。河北さんに挨拶しに」

「うん！　ありがとう！」

さーさんの声がぱっと華やいだ。

「でも、一個だけ工夫して行こう」

「？」

俺は首を傾げるさーさんに、自分の考えを伝えた。

◇

「ねぇねぇ、こんなのでいいの？」

さーさんが、落ち着かなそうに自分の巨体をゆすっている。

現在のさーさんは『変化《へんげ》』スキルで、お金持ちのマダムの姿に化けている。

「なんか嫌だなぁ」

「まあまあ、その姿なら奴隷市場に入っても怪しまれないよ」

でっぷりと太った身体《からだ》に、派手なドレス。大きな宝石の指輪をいくつもつけた成金婦人にしか見えない。

俺は、その婦人の従者という設定で少しだけ『変化《へんげ》』している。といっても、俺は前髪を長く見せて目を隠しているだけ。所謂《いわゆる》、『エロゲ主人公』スタイルである。

ここでさーさんと俺の『変化《へんげ》』スキルの違いについて少し語る。

さーさんはラミア族であり、もともと『変化《へんげ》』が得意な種族だ。得意な理由は、人間に化けて、人間を騙《だま》し、人間を捕食するという怖い理由だが。さーさんは固有《ユニーク》スキルとして、『変化《へんげ》』スキルも持っているため二十四時間好きな姿になれる。比べると俺は、後天的に修行で『変化《へんげ》』スキルを覚えたくちだ。

そのため、『変化《へんげ》』するのは一時間くらいが限界だ。何にでもは化けられない。さーさんのように、ハーピーに化けて空を飛ぶなんてことはできない。今回は、長く『変化《へんげ》』をしておくため、前髪のあたりだけの部分的な『変化《へんげ》』を行っている。

「ねぇ、高月くん。わざわざ変装する必要ある？」

さーさんが、不思議そうな顔をしている。

「ああ、俺たちのパーティーについて火の国《グレイトキース》の将軍が調べていたんだ。多分、水の国《ローゼス》の勇者として奴隷市場に行くと、その情報が伝わってしまうと思う」

月の巫女《みこ》であるフリアエさんのことを把握していたタリスカー将軍。この奴隷市場には、警護のために軍の人間が多く居るらしい。あまり顔を覚えられたくない。

「最後の手段として、河北さんを誘拐するって時に面倒になるだろ？」

俺は小声で、さーさんに囁《ささや》いた。その言葉に、さーさんは驚いた顔をしたあと、クスっと笑った。

「ワルだね。高月くん」

「本当に最後の最後の手段だよ。できれば避けたいし」

普通に犯罪だからね。

「じゃあ、行こう」

俺とさーさんは小さく頷《うなず》き、奴隷市場へ入る門をくぐった。入る時門番に止められたが、多めにチップを渡すとあっさり通してくれた。この辺の慣習は、ふじやんに教えてもらった。奴隷市場の中は、イメージと違って清潔で、活気があった。

メインの商品は勿論《もちろん》『奴隷』なのだが、その売買以外に『賭け試合』なんかも行われている。ここ火の国《グレイトキース》で最も好まれる奴隷は、戦闘力が高い奴隷である。

軍事国家グレイトキースは、武の国とも呼ばれ強い者を多く保有する者が尊敬される。奴隷であっても一流の戦士であれば、その待遇はかなり良いらしい。

頭はからっぽだけど、戦闘力が抜群なら金払いのいい主人を見つけて自分から売り込みにいく者まで居るとか。だから、強い奴隷は価値が高く、高額だ。

そして、強い奴隷をどうやって見抜くか、というとステータスやスキルが書いてある『魂書《ソウルブック》』を見るのは勿論だが、一番早いのは戦わせてしまうことだ。奴隷市場の中には、いくつかの簡易な闘技場《リング》が設置されている。そこで奴隷同士が、強さを競うわけだ。

ついでに、賭けもして儲《もう》けてやろうという所に、商魂たくましさを感じる。

近くには、回復役の僧侶も居るようで、安全にも考慮されている。野蛮ではあるが。

奴隷市場と言うから、もっと暗い雰囲気を想像してたんだけど、市場の中は熱気に包まれていた。

「わわっ、高月くん。あれって女の子の奴隷同士で戦ってるよ」

「一応、体格や性別で分類《カテゴライズ》されているみたいだね」

公平を期するためだろうか？　こうなるともはやスポーツのようにすら思える。ついでに言うと、戦っているのは戦士系の人たちのみ。魔法使いの奴隷は戦っていない。魔法使いの強さは『魂書《ソウルブック》』を見て判断らしい。

理由は簡単で、街中で魔法使い同士が戦ったら周りの被害が大き過ぎるからだ。

「高月《たかつき》くん！　あの二人どっちが勝つかな？」

「うーん、アマゾネスと獣人族かー。どっちも強いなぁ」

折角なので観戦することにした。戦っているのは色黒で身体の引き締まった女戦士と、虎のような耳が生えた獣人の女戦士。

戦いは互角のようで、俺にとってはどちらも強過ぎて判別付かない。

てか、ニナさんくらい強くない？　あの二人。

「私も飛び入り参加できないかなぁ。あれくらいだったら……」

さーさんが、不穏な発言をした。おいおい、さーさん。そんな目立つことできるわけないだろう？　と軽口を返そうとして、

――ズズッ……。

と空気がざわめくのを感じた。一瞬遅れて、それがさーさんから漏れ出た気配だと思い至る。同時にさっきまで戦っていた二人の女戦士が、ぎょっとした顔でこちらを――俺の隣のさーさんを凝視していた。

その二人だけではなく、会場にいた戦士奴隷の何人もがこちらを振り返っている。

幸い観客の商人たちは気付いていない。

（さーさん、離れよう！　急いで）

（えっ、え、うん）

俺たちは急ぎ足で、その場を離れた。

移動してきたのは、広場の真ん中にある泉のほとり。どうやらオアシス的な場所らしい。

商人たちの馬車が並んでおり、繋《つな》がれている馬が水を飲んでいる。

そして、泉の近くには水の精霊がちらほら見えた。

「あー、焦った……」

「ご、ごめん。高月くん」

戦士の人たちの視線を逃れ一息つくと、さーさんが詫《わ》びてきた。

ちなみに、今は元の女の子の姿に戻っている。

「次から気を付けよう。さーさんの『威圧』スキルが漏れてたのかな？」

にしてもあの戦士たちの驚きようは尋常じゃなかった。

まるで蛇に睨まれた蛙のようだった。

「うう……無意識だったんだけどなぁ」

さーさんが落ち込んでいる。進化したてで、変化に慣れていないのかもしれない。

この辺は徐々に慣れていくしかないだろう。俺はさーさんの気分をかえようと、言葉をかけた。

「さーさん、あっち見なよ。目的の場所が見つかったよ」

「え？」

泉の反対側。俺の視線の先には他のテントと明らかに異なり巨大で、多くの見張りが立っているテントがあった。

「聞き耳スキルで確認した。奴隷オークションの目玉商品が納められている場所らしい」

「……あそこにケイコちゃんが」

「さーさん、抑えて」

さっきよりも強い殺気を放ちだしたさーさんを、慌ててなだめる。

「じゃあ、さーさん。一度戻ろうか？」

「ええっ？　ここまで来て!?」

さーさんが非難するようにこちらへ振り向く。

「深夜に出直そう。場所と見張りの数が下見できたし、忍び込む準備をしないと」

とりあえずフリアエさんには、協力を仰ごう。やることは多い。

俺の返事にさーさんが、きょとんとした顔をした。

「高月くん、楽しそう」

「おいおい、この目を見ろよさーさん。真剣だろ？」

「はいはい」

なぜか笑われた。

「じゃあ、高月くんの部屋で仮眠とろっと」

いや、それは自分の部屋でいいと思うんですが。

俺たちは、宿に戻って『潜入』の準備をした。

◇深夜◇

騒がしかった奴隷市場がすっかり静まっている。ただし、見張りの兵士は多いので油断はできない。さーさんに鳥女《ハーピー》に変化《へんげ》してもらい、上空から巨大なテントを目指す。

ただし、そのままでは見つかってしまうので、

「…………水魔法・霧」

水の精霊の魔力《マナ》を借りつつ、奴隷市場の近隣を霧で覆う。本当は王都全体を覆いたかったが、水の精霊が少ないため無理だった。火の国《グレイトキース》の王都は砂漠の中にあるが、遠く離れた海上から風に乗って霧が進入することがある。これは移流霧と呼ばれ、一週間に一度くらいの頻度で発生するため霧の存在はそこまで珍しくない。

（でも、のんびりはできない。さーさん、急ごう）

(うん、『隠密《おんみつ》』スキルはばっちりだよ)

俺とさーさんは、テントの傍《そば》に静かに降りる。

そして、俺はフリアエさんにお願いして作ってもらった、特別なアイテムを取り出した。

香水のような入れ物に入ったその中身は、ただの『水』。ただし、月の巫女の『呪い魔法』によって、凶悪な代物になっている。

かけられた魔法の名は『眠り』と『忘却』。

俺は水魔法で、呪いの水を霧状にして見張りに吸わせた。ほどなくして、見張りは眠りについた。そして、仮に目を覚ましても数時間の記憶が抜け落ちているはずだ。俺とさーさんは、防護魔法がかかっているテントに、短剣で隙間を作り、そっと潜入した。

テントの中にも当然見張りは居るが、そちらも全て眠らせた。俺とさーさんは『隠密』スキルを使い静かにテントの中を探索する。テントの中、一番奥の最も豪華な檻《おり》の中に居る一人の女性を見つけた。奴隷と言うには、豪華な内装の部屋であり、鉄格子がなければ高級宿と勘違いしそうな部屋だった。深夜過ぎなので、檻の中の女性は眠っていたがその寝顔には見覚えがあった。最後に会ったのは、水の神殿。そして、都立東品川《ひがししながわ》高校では同じ教室で授業を受けたクラスメイトだった。

「ケイコちゃん!」

さーさんが小さく叫ぶと、横たわっている女性が眠そうに目をこすった。

「ん～」

眠たげな声を上げ、河北《かわきた》さんが伸びをする。

水の神殿で会話した時は金髪だったが、今は地毛の黒髪に戻っている。

ぱっちりとしたつり目に、気の強そうな印象は変わっていない。

「あれ……アヤ？　なわけないかぁ、これは夢ね」

「違うよ。ケイコちゃん、佐々木《ささき》アヤだよ！　本物だよ！　会いに来たよ」

「えっ、うそっ！　本物？」

河北さんの目が見開かれ、こちらに駆け寄ってくる。彼女の首には、複雑な装飾が描かれた首輪がつけられていた。

（あれが『奴隷契約』の首輪か……）

それを外すことができるのは、奴隷組合の限られたメンバーのみ。解除の方法は、最高機密であるらしい。もっとも非常に高価な魔法器具のため、価値の高い奴隷にしか使わないらしいが。

（河北さんは、今回の奴隷オークションの最高級品扱いだってふじやんが言ってたな）

異世界人であり『大魔道』などのレアスキルを所持している。

しかも救世主の生まれ変わりと噂《うわさ》される『光の勇者』桜井《さくらい》くんの元クラスメイト。

ついでにいうとかなりの美人だ。貴族にとっては、垂涎《すいぜん》もののなのだろう。

「アヤ、無事だったの？　一緒に転移してきた時、居なかったでしょ？」

「えっとね、私は別の場所に飛ばされちゃったんだ。そしたら高月くんが見つけてくれたの」

　さーさんの言葉で、河北さんがこっちに視線を向けた。

「あら、あなた高月？　ふーん、へぇー。雰囲気変わったわね」

「や、やあ、久しぶり。河北さん」

　俺が知り合いだと気づいて、ニヤニヤとする河北さん。なるべくクールに挨拶したかったが、噛《か》んでしまった。

「アヤ、よかったじゃない。異世界でちゃんと好きな男を捕まえられて」

「わーわー、ちょっと。ケイコちゃん！」

「ふ、二人とも声でかいって」

　流石《さすが》にクラスで話すような雑談をしている場合ではない。

「「ごめん」」

　すぐに静かになってくれた。

「ケイコちゃん、すぐに助け出すからね！」

　さーさんが小声に戻し、手をグーにして見せる。

　が、対する河北さんの反応はイマイチなものだった。

「あー、うん。この前、ミチオも会いに来て『助ける』って言ってくれたんだけど……」

藤原《ふじわら》ミチオ――ふじやんの名前だ。河北さんとは幼馴染《おさななじみ》って言ってたし、呼び名からしてやっぱり親しいんだな、と思った。

「正直、私が奴隷に堕《お》ちたのって自業自得だし、なんか私を買うことになってる次の貴族って、相当な権力者みたいだからさ……あんまり無理しなくていいわよ」

河北さんの返事は、つれないものだった。

「そ、そんな！　ダメだよ、奴隷なんてっ！」

「ま、確かに日本に居た時じゃ考えられなかったけどさ。こっちの世界に来て私も含めてクラスメイトみんな結構な待遇だったから、調子に乗っちゃったのよね。で、私はギャンブルにハマって気が付いたら、とんでもない額の借金背負っちゃって。結果、このザマだから」

河北さんは、自嘲気味に笑った。

（そっか、ギャンブルのせいで身売りすることになったのか……）

その辺はふじやんも理由をぼかしてたな。

「そういえば、ケイコちゃんの彼氏の岡田《おかだ》くんは？　何で助けに来ないの!?」

さーさんが話題を変える。そーいえば、水の神殿だと北山《きたやま》、岡田と三人組だったような気がする。

「アイツ？　とっくに別れたわよ。だって、こっちに来て異世界人ってだけで、いくらでも女が寄ってくるって堂々と浮気してるのよ？　何がハーレムよ！　異世界に来てハーレムとか言ってる男は、全員死ねばいいのに！」

河北さん！　声が大きいです！

「アヤ、高月《たかつき》は真面目そうだし大丈夫だと思うけど、ちゃんと見張ってなきゃダメよ？」

河北さんが、さーさんの肩に手を置いて真剣な目をして忠告している。

「え、えーと、うーん……ソウダネ～」

河北さんを心配して様子を見に来たはずが、なぜかさーさんが心配されている。

そして、さーさんが気まずそうに目をそらした。

ついでに、俺も……。河北さんが怪訝《けげん》そうに眉をひそめた。

「まさか……、ねぇ高月。あんた付き合ってるのはアヤ一人よね？」

「え？」

「は？」

ひぃっ、河北さん目が怖いんですけどっ！

「実は、高月くんは私以外に二人も恋人がいますー　あ、マリーさんを入れると三人かな？」

さーさんが、開き直って宣言した!?

河北さんが、信じられないものを見る目でこっちを見てくる。

「あんたも同類じゃない!?　見損なったわ！　真面目なやつだと思ってたのに！」

そーなの!?　クラスじゃ全然話したことなかったですけど。

「まぁまぁ、高月くんは水の国《ローゼス》の勇者として頑張ってるから」

さーさんが苦笑しながらフォローしてくれた。

「勇者なら恋人が沢山居ていいの……？」

うんうん、河北さんの反応が正常だよね。桜井くんとか、おかしなことになってるけどね。

「てか、高月ってステータスやスキルが微妙で、水の神殿に取り残されてなかったっけ？　勇者ってマジ？」

「まあ、色々ありまして」

俺はこれまでのことを簡単に説明した。

「はぁー、そんなことになってたんだ……」

「ねー、大変でしょ？」

俺の話に河北さんが、感心したようにため息をついた。全身火傷《やけど》したり、自爆魔法使ったり、石化したことを伝えると俺を見る目が変わったようだ。

それをさーさんが、嬉《うれ》しそうに説明している。

「クラスメイトの中で、真面目に魔王と戦おうとしてるのって桜井リョウスケのグループくらいだと思ってたけどね」

「桜井くんは、真面目だからなぁ」

どうやら他のクラスメイトにも、桜井くんのところは変わっていると映っていたらしい。

まあ、異世界に来てわざわざ世界を救うなんて普通やってられないよな。

「ま、わかったわ。高月、アヤのことお願いね。ミチオにも私のことは、自己責任だからって無理するなって伝えておいて」

河北さんは、強がった様子もなく俺たちに向かって微笑《ほほえ》んだ。この子、男前だな。

「でも……」

さーさんは、まだ納得いかないらしい。

そして、俺もこのまま手ぶらで帰るわけにはいかない。

「河北さん、だけど近々火の国《グレイトキース》で困ったことが起きるらしいんだ。場合によっちゃ、奴隷市場も巻き込まれるかもしれない」

俺はフリアエさんの未来視のことを、ざっくり説明した。

「……火の国《グレイトキース》の王都で大勢死ぬって、……本当なの？」

流石の河北さんも、不安そうな表情を見せた。

「うちの姫の予知ならまず間違いなく」

「そう……、ところでその姫ってやつもあんたの彼女なの？」

「え？」

話題が脱線した。

「大丈夫だよ、ケイコちゃん。ふーちゃんは、まだ、高月くんの彼女じゃないから」

「そう……時間の問題なのね。アヤ、頑張るのよ」

「うん。でも、高月くんの周りの女子ってみんな可愛《かわい》い子ばっかりでさあ〜」

「大丈夫よ、アヤ。あんたも可愛いから」

「ちょっと、さーさんと河北さん!?」

その話は終わりにしましょう！

「と、というわけでここに留《とど》まるのは危険な可能性が高いんだよ、河北さん」

強引に話題を戻した。

「と言われてもね。私はコレがあるから、逃げられないし」

奴隷の首輪を指さした。

「確か奴隷の首輪をしている限り、逃げようとしても身体《からだ》が動かなくなったり、場所もすぐ特定されたりするから隠れることもできないんだっけ？」

聞きかじった知識だけど、大体そんな効果だったはずだ。

そのため俺たちが河北さんをどこかに連れ去ることもできない。

「うう……、どうしようもないよー。せめてここで何が起きるかわかれば、手の打ちようがあるのに……高月くんどうにかならないかな？」

「まあ、姫が元気になってれば未来視をお願いするしか……」

いや、まてよ。もっと確実な方法があるじゃないか。

（ノア様！　エイル様！）

心の中で呼びかけた。

（火の国《グレイトキース》で何が起きるか知ってますか？）

――……。

返事がない。取り込み中だろうか？

毎回、すぐにレスがあるわけじゃないし。また、あとで聞いてみよう。

「さーさん、あとで調べてみるよ。それに、ずっとここに居ると危険だからそろそろ出よう」

なんだかんだ、一時間くらい話をしていた。

「うん、ケイコちゃん。また来るね」

さーさんが名残惜しそうに河北さんの手を握っている。

「あ、そうだ。一個、関係があるかどうかわからないけど……奴隷商人から変な話を聞いたわ」

俺たちの帰り際、河北《かわきた》さんが何かを思い出したらしい。

「最近、安い奴隷を大量に購入する連中が居るんだって。安いって言っても、奴隷を買うにはそれなりにお金がかかるから、名前を隠してもどこの貴族かいずれわかるらしいけど、その連中はまったく正体が不明らしいの。だから、奴隷商人は『多分、外の大陸から来た金持ちなんだろう』って言ってたけど、私見たの……」

ここで河北さんが、声をひそめた。

「最近、ここに来る連中の中に『魔人族』の連中が交じっていたわ。しかも『悪神信仰』の魔人族。私、魔法使いだから『女神信仰』の魔力《マナ》と『悪神信仰』の魔力《マナ》が何となく違いとしてわかるんだけど」

「へぇー、ケイコちゃん凄《すご》い！」

「魔人族に、悪神信仰って例の教団か……」

水の国《ローゼス》、太陽の国《ハイランド》、木の国《スプリングローグ》ときて火の国《グレイトキース》にも居たか。これはきな臭い。

「さっきのアヤと高月の話を聞いたら気になってさ。なんか『蛇の教団』ってのが、裏で色々悪さをしてるんでしょ？　しかも、連中のほとんどが魔人族って聞いたから。この話、役に立つ？」

「ありがとう、河北さん。情報、助かったよ」

俺はお礼を言って、別れを惜しむさーさんを引っ張りテントを出た。

まだ、夜明けには少し時間が残っている。

俺はさーさん（ハーピーの姿）に摑《つか》まれ、空を飛んでいた。

「ねぇ、高月くん。ケイコちゃんの話どう思う？」

「蛇の教団が、奴隷を大量に買っていた。普通に考えると奴隷を使って反乱を起こそうとしてるとか、かなぁ」

「それって太陽の国《ハイランド》の時と同じだよね」

太陽の国《ハイランド》では、身分差別を受けていた獣人族を煽《あお》って反乱を起こそうとしていた。

今度は火の国《グレイトキース》で、奴隷を使って反乱を？

「でも、奴隷って言っても戦闘力のある奴隷は高いんだよね」

「それに、火の国《グレイトキース》の奴隷って値段が高いと待遇もいいみたいだよね」

数日滞在して、この国の内情もわかってきた。この国は、強いヤツが偉い。そして、奴隷といっても戦闘奴隷は一生住み込みの社員みたいなもんだ。まあ、自由は多少制限されるが。

戦闘奴隷本人も「飯が腹いっぱい食えて、戦えればいいや」って脳筋が多いのでそれで国が回っている。Ｗｉｎ－Ｗｉｎの関係である。貴族たちは、自分たちの戦力を魔物の多い地域や、盗賊など治安の悪い地域に派遣して金を稼いでいる。

ちなみにお得意様は水の国《ローゼス》らしい。水の国《ローゼス》の兵隊さんは、あんまり強くないからなぁ……、勇者を筆頭に。

「蛇の教団が、弱い奴隷を沢山買っても意味ないと思うんだよね」

「だねぇ」

ただ、気にはなる。念のためソフィア王女とふじやんには伝えておこう。

「そろそろ宿に帰ろっか？」

「うーん、それだけどもう少し時間あるかな？」

さーさんが、宿と反対の方向、王都の城壁の外側を目指して飛んだ。しばらく荒野を進み、適当な場所で着地する。うっすらと空が白み始めている。

「さーさん？」

「ほら、デートの続き？」

人間の姿に戻ったさーさんが、首に手を回してきた。ドキリとする。

「ほら、二人きりだよ。見渡す限り」

「確かに、誰も居ない荒野だと世界で二人だけみたいな気分に……」

言葉を続けようとした瞬間、盛大な警告音《アラート》が頭の中で鳴り響いた。

――『危険感知』

すぐにさーさんの目が鋭くなる。俺とさーさんは後方に振り向いた。

俺とさーさんの視線の先には――百匹近い灰色の大きなトカゲが、舌をチロチロと出しながらこちらを見ていた。

「な、何こいつら!?」

「さ、砂竜《サンドドラゴン》だっ！」

鱗《うろこ》を砂に擬態することができ、遠目には判別がつきづらい生き物。擬態するくせに、異様に高い戦闘力。火の国《グレイトキース》に多く生息する凶暴な肉食の竜。

ここ、もしかして砂竜《サンドドラゴン》の巣か？

シャアアアアアアアアアアアア！

一番近くに居た砂竜《サンドドラゴン》が、飛び掛かってきた!?

「あー、もう！　邪魔してきてっ！」

イライラとした声を上げ、さーさんが拳を振りかぶり迎え撃つ。

「さーさん！」

そいつ竜《ドラゴン》だよ！　竜《ドラゴン》は全て『災害指定』だから危険――そう言おうとして。

ドガガガガガガッ！！！

砂竜《サンドドラゴン》が顎辺りをさーさんに殴られ、十回転くらいしながら百メートルほど吹っ飛んでいった。砂竜《サンドドラゴン》の群れが、それを一斉に視線を追って見送っており少し可愛い。

(うっそだろ!?)

今のやつ、大迷宮《ラビュリントス》で出会った地竜と同じくらい強いんだけど!?

「「「「「キシャー！」」」」」

仲間をやられ怒りの鳴き声を上げた砂竜《サンドドラゴン》が一斉に襲いかかってきた。

「さーさん！　逃げ……」

「高月《たかつき》くんは、私の後ろにいて！」

「は、はい……」

何この頼れる背中。水の精霊の居ない荒野で、俺はさながら守られる姫のごとく小さくなっていた。


——数時間後。

全ての砂竜《サンドドラゴン》が討伐された！

「ただいまー」

「うぅ～、お風呂入りたいよぅ……」

ボロボロになった俺とさーさんは、昼前になって宿へ戻ってくることができた。

もっとも俺たちがボロボロな理由は大きく異なる。

砂竜《サンドドラゴン》の攻撃を『回避』スキルで必死に逃げ回っていた俺と、襲いかかって来る砂竜《サンドドラゴン》の群れを、ちぎっては投げちぎっては投げしていたさーさん。最後には、山ほどいた砂竜《サンドドラゴン》の群れが全滅してしまった。砂漠や荒野を旅する冒険者や商人を襲う危険な竜なので、倒して悪いってことはないだろうが、荒野の生態系を変えちゃったような気がする。

そんな懸念もあるが、とにかく今は疲れたので早く休みたい。宿に入ると食堂では、ソフィア王女とルーシー、フリアエさんと黒猫《ツイ》が朝食を終え、お茶を飲んでいるところだった。俺とさーさんがフラフラと自分の部屋へ向かおうとした時。

「おはようございます、勇者マコト、佐々木《ささき》アヤさん」

ソフィア王女が挨拶する声が心なしか冷たい。

「ねぇ、マコト、アヤ。昨夜はどこに二人で消えてたの？」

ルーシーの声がいつもと違う。おや？　こんな声は初めてだぞ？

「おはよう、ソフィーちゃん、るーちゃん……あぁ、眠い……」

さーさんはどうやら二人の様子がいつもと違うことに気付いてない。

うーん、俺も眠いし後で話をしようかと思っていたが。

「昨夜は二人でお楽しみだったみたいね」

少し棘《とげ》のある声で、黒猫《ツイ》の背中を撫《な》でるフリアエさんが話しかけてきた。

「……ん？」「……え？」

流石《さすが》に聞き捨てならず、俺とさーさんが振り向く。ソフィア王女とルーシーの眼《め》が恐ろしく冷たい。

「や、やぁ」

とりあえず、明るく挨拶してみた。

「おや、朝帰りの男の挨拶は、随分軽いですね」

「マコト、私たちずぅ～～～～っと待ってたんだけど？」

あー、対応ミスったかー。ソフィア王女とルーシーの視線がますます鋭くなった。

「タッキー殿！」

「皆様！　大変デス」

さて、どうやって説明しようか困っていると、ふじやんとニナさんが大慌てでやってきた。

ナイスなタイミングだ！

「ふじやん、何かあった？」

俺は話題の向き先を変えたくて、ふじやんに話しかけた。

「聞いてくだされ！　どうやら荒野にとんでもない魔物が出現したそうですぞ！」

「ほうほう、ふじやん。詳しく聞かせて」

俺はふじやんに説明の続きを促した。ふじやんの言葉に、ソフィア王女、ルーシーもしぶしぶそちらに視線を向ける。

「ニナ殿。ご説明を」

「ハイ！　今朝方、火の国《グレイトキース》の冒険者ギルドではこんな噂《うわさ》で持ち切りになっていますス！

『荒野の砂竜が一晩で全滅した！』と」

（ん？）

砂竜《サンドドラゴン》？

「何ですって！」

「砂竜《サンドドラゴン》が全滅！」

ニナさんの言葉にソフィア王女や、ルーシーが驚きの声を上げる。

ちらっと見ると、フリアエさんは興味ないのか黒猫の喉を撫でている。

どうやら砂竜《サンドドラゴン》が全滅……、ってのが大ニュースのようだ。しかし、砂竜《サンドドラゴン》かぁ。

「信じられません……、長年火の国《グレイトキース》の冒険者や軍ですら手を出せずにいた災害指定の竜の群れが……」

「ハイ……火の国《グレイトキース》の荒野の支配者、それが一晩で全滅なんて考えられまセン」

ソフィア王女が呆然《ぼうぜん》と呟《つぶや》き、ニナさんが興奮気味に話す。

「エルフの間でも火の国《グレイトキース》の砂竜《サンドドラゴン》の巣に近づくなって、小さい頃から教わってたわ……」

「そーいえば、私もばあやに聞いたことがあるかも。火の国《グレイトキース》の荒野には近づくなって」

ルーシーやフリアエさんにとっても、有名な話らしい。う、うーん。さて、どうしたものか。俺はちらっと、さーさんの方を見た。

「……ｚｚｚ」

た、立ったまま寝てる!?

どう考えても昨晩の俺たちが原因だろう。俺が説明するの？　全部さーさんが倒して俺は逃げてただけだから、説明するの恥ずかしいんだけど!?

「タッキー殿……なんと」

ふじやんが、さっそく『読心』スキルで察してくれた。

「これはいけませんね。何か異常なことが起きているに間違いありません。私はグレイトキース城へ向かって情報収集します」

「私は冒険者ギルドや、商会ギルドに探りを入れマス」

「私も手伝うわ！」

ソフィア王女、ニナさん、ルーシーが動き出そうとしている。

い、いかん。早く説明しないと！

「お待ちを……皆様。どうやら、タッキー殿が全てご存じのようです」

俺がオロオロしていると、ふじやんがフォローしてくれた。

「「「え？」」」

皆の視線が、一斉に俺に集まる。さーさんは、スヤスヤ寝ている。こいつ……、俺が説明するしかないのか……。

「……実はですね」

俺は昨晩の出来事を説明した。

「砂竜《サンドドラゴン》の群れをアヤさんが一人で全滅させた……？」

「う、嘘《うそ》デショウ……」

ソフィア王女とニナさんは、完全にドン引きした目をしている。

「アヤ！　アヤ、起きて！　マコトの言ってること本当!?」

ルーシーがさーさんをゆすっているが、さーさんは立ったまま熟睡しているのか目を覚まさない。疲れてたんやなぁ。

「しかし、火の国《グレイトキース》へ事実を伝えても信じてくれるかどうか」

ふじやんが困った顔で、頭をかいた。どうやら、砂竜《サンドドラゴン》の巣の討伐は大事過ぎて『さーさんが一人で全滅させました』と言っても虚偽と判断される可能性が高いらしい。

「しかし、黙っているわけにもいきません。現在、火の国《グレイトキース》は砂竜《サンドドラゴン》を滅ぼした要因の捜索に躍起になっています。事実を伝えないと国民も不安でしょう」

ソフィア王女が決心した表情で、出かける準備を始めた。

「俺も行きましょうか？」

当事者も一緒に説明したほうがいいんじゃないだろうか。

「いえ、あなたが行けば話が複雑化するかもしれません。まず私が行ってきます」

「そうですか」

なんか申し訳ないな。ちらともう一人の当事者を見ると、むにゃむにゃ寝言を言っていた。

「ふふっ、ダメだよ、こんな所で高月くん……。もうエッチなんだから」

さーさん……その寝言、わざとやってない？

「「…………」」

ルーシーとソフィア王女の視線が痛いんですけど。

「アヤ～、いい加減起きなさいー」

ルーシーがさーさんのほっぺをむにむにと引っ張った。

「う、うーん」

お、目覚ましたか。

「……ん～、あれ？　みんなどうしたの？」

全員がさーさんを凝視していることに気付き、恥ずかしそうに身をよじる。

「アヤ、とんでもないことをやってくれたわね」

「え？　るーちゃん。とんでもないことって何？」

寝ていて経緯を聞いていないさーさんは、状況についていってない。

「佐々木殿。大手柄を立てたのですぞ」

「佐々木様は記録上はストーンランクの冒険者。冒険者ギルドも扱いに困るでしょうネ」

ふじやんとニナさんが顔を見合わせて、ぼやいている。

「勇者マコト。もしかすると将軍から事情を説明するよう呼び出される可能性があります。念のため待機しておいてください。アヤさん、あなたもですよ」

「了解、ソフィア」

俺は頷《うなず》き、さーさんは目をぱちぱちさせている。後ればせながら、どうやら自分が話題の中心だと気づいたらしい。おずおずと、さーさんが口を開いた。

「わ、私何かやっちゃいました？」

◇

俺は風呂に入り、ベッドに倒れこんだが数時間で目が覚めた。どうも日が明るいうちは、熟睡できない。気になってさーさんの部屋を覗《のぞ》いたところ、グースカピー寝ていた。

上司のソフィア王女には待機を命じられているので、俺は部屋で水魔法の修行をすることにした。

（うーん、中途半端に寝たから少し怠《だる》いけどもう一回寝るほどじゃないなぁ……）

ベッドに腰かけ、イマイチ集中を欠きながら修行を続けていると、急に背中が重くなった。

「ルーシー？」

「珍しいわね、マコトが気付かないなんて」

いつの間に部屋に入って来たのか。

ルーシーが俺の背中を椅子のように、背中合わせでもたれてきた。

「どうも、集中できなくて」

「ふうん」

ルーシーはあまり興味なさそうに言いながら、肩に羽織っているマントを外した。しゅるり、とマントがベッドから落ちる音が聞こえた。今のルーシーは、キャミソールのような恰好《かっこう》になっている。暑いのだろうか。火の国《グレイトキース》は、気温が高い。

「暑いわね」

何か聞く前に、ルーシーがそう言いながらそのキャミソールまで脱ごうとしている様子が視線の端に映った。

「ルーシーさん？　何やってんの？」

流石にツッコむ。

「だから、暑いから脱いでるだけよ」

俺の部屋で脱ぐなよ！　『ＲＰＧプレイヤー』の視線切替は封印して、俺は水魔法を使おうとしたが、いつものようにできなかった。

気が付くと服を着崩したルーシーと一緒に、ベッドの上に座っている状態になった。

一体、何が起きている？

「マコトって、釣った魚に餌を与えないタイプよね」

「餌？」

「私、小さい頃はママや姉さんたちを見て、女の人から男に迫るなんてはしたないと思ってたの」

「へ、へぇ」

まあ、あの肉食女子のファミリーを見て育てばなぁ……。

「でも、間違ってたわ！　ママが正しかった。だって、マコトってばいつまで経《た》っても手を出さないんだもん！」

首に腕を回された。ルーシーの体温高っ！

魔力《マナ》のコントロール上手《うま》くなったんじゃなかったっけ？

「というわけで、こっちから攻めることにしたわ」

「唐突じゃない？」

ルーシーのほうを振り向かされ、そのまま押し倒される。

そして、ボタンを外されそうになって……。

――バタン！

ノックもなく、扉がいきなり開いた。

「高月《たかつき》くん、るーちゃん、聞こえてるよぉ～」

さーさんが目をこすりながら、入ってきた。そんな大きい声出してないんだけど。

さーさん、進化して耳がよくなってる？

「ルーシーさん、おふざけはそれくらいにしておきなさい」

ソフィア王女まで入ってきた。

「はーい、るーちゃん。ここまでねー」

「えぇ～、あとちょっと。あとちょっとだけ」

「ダメダメ。それは三人でするんでしょー」

さーさんが、ルーシーを羽交い締めにして出て行ってしまった。

特にルーシーも抵抗してなかった。

(冗談だった?)

俺はじゃれ合う二人を見送った。次の瞬間、首元を冷気が通り過ぎた。

すぐ近くにソフィア王女が立っている。

「話があります。こちらに来てください」

俺はソフィア王女に手を引かれ、部屋に連れ込まれた。俺の手を摑《つか》むソフィア王女の手は、ルーシーと真逆でとてつもなく冷たかった。

――あ、これ怒ってるわ。

「勇者マコト」

俺はソフィア王女の部屋に連れ込まれ、名前を呼ばれた。

「は、はい」

俺は姿勢を正す。ソフィア王女は、水の国の勇者《たかつきまこと》の婚約者である。つい先ほどまで、ソフィア王女はグレイトキース城へ行き、火の国《グレイトキース》の重鎮から情報収集をしていた。比べて俺は、昨晩はさーさんと二人で出かけ、朝帰りをして、さっきは、寝起きに際どい服装のルーシーとベッドでイチャついていた。

控えめに言って――――クズでは？

「グレイトキース城での話を、お伝えします」

さあ、どんな叱責を受けるかと怯《おび》えていたが、ソフィア王女の口からは真面目な言葉が飛び出した。

「火の国《グレイトキース》の上層部は、砂竜《サンドドラゴン》の巣を水の国《ローゼス》の勇者と仲間の戦士が討伐した事実を受け入れてくれました。……半信半疑ではあるようですが」

「ちょっと、待ってください。俺は何もしてませんよ？」

ただ、逃げ回っていただけだ。

砂竜《サンドドラゴン》を倒したのはさーさん一人である。虚偽報告になってしまうのでは？

「勿論《もちろん》、私はあなたの話を信用しています。が、それとこれとは別です。水の国《ローゼス》の国家認定勇者が仲間の女の子一人に魔物の群れと戦わせて、勇者本人は何もしていないなどと報告できますか？」

「……すいません、俺が間違ってました」

どんな外道勇者だよ、そいつ。報告内容はソフィア王女にお任せしよう。

「それからあなたが奴隷市場で聞いたという『蛇の教団』が奴隷を大量購入しているという件も伝えました。その話をした時、タリスカー将軍が『水の国《ローゼス》の勇者は奴隷市場に来ていないはずだが』と少し怪しんでいましたね。どうやら、あなたの動向は見張られているようです」

「変装して正解でしたね」

やっぱりそのままの恰好で行かなくて良かった。

「とはいえ、深夜の奴隷市場に潜入するのは危険です。次は控えてください」

「は、はい」

ちょっと、軽率だっただろうか。今のところ火の国《グレイトキース》には気づかれていないようでよかったけど、次はやめておこう。

「ですが、奴隷になってしまった勇者マコトとアヤさんの友人は心配です。私からも掛け合ってみたのですが……」

「どうでしたか？」

俺は期待しつつ返事を待ったが、ソフィア王女の口調は重かった。

「あなたの友人、河北《かわきた》ケイコさんを買い取ろうとしている貴族は、彼女をいたく気に入っているそうで、手放すつもりはないそうです……」

「その貴族、ブナハーブン家の三男は特に強い女戦士や女魔法使いを集めて女ばかりの軍隊を作るのが趣味だそうで」

「なんてやつだ！」

自分より強い女性を集めてパーティーにするなんて。俺は憤った。

「……」

ソフィア王女が白けた顔でこっちを見ていた。あれ、変な事言ったか？

（マコトのパーティーも似たようなものじゃない）

ノア様の声が響いた。そう言えば、うちのパーティーは女性陣のほうが強いですね。

「勇者マコト？」

ソフィア王女が俺の顔を覗きこんできた。慌てて目の前に意識を戻す。

「いえ、なんでもありません。では、河北さんを解放してもらうのは骨が折れますね」

「ええ……そうですね。引き続きローゼス王家からも掛け合ってみます」

「それは、助かります」

「……」

「……ソフィア？」

会話がとまった。どうしたのかな？　と思ったら——手を引っ張られた。部屋の奥にあったフカフカのソファーに座らされる。俺が座ったすぐ隣、肩が触れるか触れないかくらいのところにソフィア王女が座った。

ソフィア王女の髪から、ふわりとした甘い香りが鼻に届く。

「勇者マコト」

部屋に入った時と、同じように名前だけを呼ばれた。

「は、はい」

その時と違うのは、ソフィア王女の顔が十五センチくらいの間近にあることだろうか。

じっと俺の目をソフィア王女の濃い青い瞳が見つめる。しばらく無言が続き、唇が開いた。

「ところで、昨晩はアヤさんと朝帰りでしたね」

「……はい」

「先ほどは、ルーシーさんと仲良くしていましたね」

「………………ハイ」

甘かった。仕事の話だけ、ではなかった。やはり、キツイ罰が……。

「やはり、もっと近くに居るほうが良いのでしょうか」

ソフィア王女の声は、怒った声ではなかった。肩が触れるかどうかの位置にいたソフィア王女が、そのまま寄りかかってきて俺の肩に頭を乗せた。

「ソフィア？」

「木の国《スプリングローグ》でも、稲妻の勇者の妹《ジャネット・バランタイン》に言い寄られていたそうですし」

「言い寄られてないですよ？　誰ですか、そのガセ情報を流した奴《やつ》は」

よりによってソフィア王女に、なんてことを言うのか。

「水の女神様《エイル》です」

「え、エイル様？」

なに言ってんの、あのお喋《しゃべ》り女神！

「水の女神様《エイル》は、こうも仰《おっしゃ》られました。『マコく……高月マコトは、強気攻めに弱いので一気に押し倒しなさい』と」

「色々間違ってるよ、ソフィア」

自分とこの巫女《みこ》に、なんちゅうことを伝えるんだ、あの女神は。気が付くと、身体《からだ》に寄りかかられたまま俺がソファーに押し倒されるような位置関係になった。俺が上向きに寝転び、その上にソフィア王女が身体をあずける。

すぐ目の前、息がかかりそうな距離にソフィア王女の彫刻のように整った顔があった。

いや、頬が少し赤らんで彫刻のような無表情ではない。上目遣いで、少し睨《にら》むように言った。

「寂しかったんですよ？」

目を少し潤ませ、ポツリと呟《つぶや》くソフィア王女は、眩暈《めまい》がするほど可愛《かわい》かった。

（これは……）

思わず抱きしめようと、腕をソフィア王女の肩の後ろに回した。

その時――。

「マコくん！　大変よ」

ソフィア王女の目が金色に輝き、いきなり口調が変わった。

「は？　そ、ソフィア？」

――色っぽい空気が霧散した。

目の前のソフィア王女は、瞳の色以外いつも通りだが発する魔力《マナ》が違う。

肌を突き刺すほど、ヒリヒリとした魔力《マナ》が溢《あふ》れ出ている。

「……水の女神様《エイル》？」

魔王や大賢者様ですら霞《かす》むほどの、威圧感。何より俺を『マコくん』と呼ぶのは、水の女神様《エイル》だけだ。

「あら？」

水の女神《エイル》が目を丸くする。そこで俺がソファーに横になり、その上にソフィア王女が迫っていることに気付いたようだ。

「もしかして、いい雰囲気だった？」

「……少し」

あちゃー、という顔をするエイル様。

「しまったなぁ、ソフィアちゃんが勇気を出してるところだったのに」

「水の女神様《エイル》、変な事を吹き込み過ぎです」

「でも、あの子奥手だから、後押ししないと」

だからって、押し倒せは言い過ぎです。実際危なかった。女神様の助言、的確過ぎっ！

「それより、何か緊急の用事では？」

話題を戻そう。

「そうそう！　大変なの、実は火の国《グレイトキース》に危機が迫ってるの！」

「それって、フリアエさんが言ってたやつですかね」

（エイル～、どうやら月の巫女経由ですでにマコトたちは何か知ってるみたいよ？）

会話にノア様まで入ってきた。

「ええ～、マコくんに恩を売る機会が！」

「俺たちも原因を探ってるんですよ。何か知りませんか？」

（それがね、今回の教団はとにかく『聖神族』サイドに情報を漏らさないらしいの。おかげで、私の精霊まで手伝いをさせられたわ）

エイル様にノア様、返事がないと思ったらそんなことをしてたのか。

「結局、原因はわからなかったんですか？」

（ま、そーいうことね）

困ったな。頼みの綱だったんだけど。

うーむ、と水の女神様《エイル》が顎に手をあてて考えこんでいる。

似合わないなぁ。

「地下が怪しいわ」

水の女神様《エイル》が、突然言い放った。

「地下……ですか？」

そんな漠然としたヒントじゃ、何をすればいいのか。

（マコト、蛇の教団は悪神王ティフォンを信仰しているわ。それだけじゃなく、連中は悪神へ祈りをささげるための神殿をどこかに隠しているはず。恐らく、人目に付かない地下に神殿を築いていると思うの）

ノア様が補足説明してくれた。

「なるほど。では、蛇の教団が居る地下神殿を探せばいいわけですね」

それならわかりやすい。けど……。

「火の国《グレイトキース》の王都ガムランって結構広いんですよね」

太陽の国《ハイランド》に次ぐ大国の王都だけあって、その規模は大きい。また、火の国《グレイトキース》は貿易が盛んで他大陸から来た商人も多い。様々な文化がカオスに混じり合っている。

住居が身分ごとに整然と区画分けされていた太陽の国《ハイランド》とは対照的だ。

情報収集は、骨が折れそうだ。

(ねぇ、エイル。火の女神《ソール》に頼めないの？)

おお、確かに。ここは火の女神《ソール》様が信仰される火の国《グレイトキース》。女神様に聞くのが一番だろう。

「火の女神《ソール》ちゃんかぁ～……」

ソフィア王女に降臨した水の女神《エイル》様の声からは、気乗りしない様子が窺《うかが》えた。

「駄目なんですか？」

「火の女神《ソール》ちゃんって戦女神でしょ？　だからコツコツ情報収集したりするの苦手なの」

(あ～、火の女神《ソール》って脳筋だものね)

ノア様が罰当たりなことを言う。にしても火の女神《ソール》様は頼れないらしいし、困った。

(マコト。火の女神《ソール》のことは、あてにせずに、お仲間のふじやんくんとか、ソフィアちゃんの人脈を使えば地下神殿くらいなら見つかると思うわ。問題は、教団の連中が何を企《たくら》んでいるかね。女神の目を誤魔化してまで、何か大掛かりなことをしようとしている……。気をつけなさいよ)

「わかりました、ノア様」

ご忠告に、大きく頷《うなず》く。

(じゃあね、マコト)

最後はあっさりと、ノア様の声は聞こえなくなった。

「それじゃあ、私も消えるから後はソフィアちゃんと、仲良くねぇ～」

ふらっと、ソフィア王女が倒れこんでくる。

「おっと」

慌ててソフィア王女の柔らかい身体を受け止める。

「……ん」

ソフィアが目を覚ました。

「あら、……私は一体」

「お疲れだったんでしょう。寝てしまっていましたよ」

「そんなはずは……、まさか水の女神様《エイル》が……？」

あ、バレてますね。

「「……」」

それは、そうとして俺は相変わらずソフィア王女の柔らかい身体に下敷きにされており動けない。どうしようかと、思案していたら、

……コンコン
ドアがノックされた。

俺とソフィア王女は、ぱっと距離を取る。

「誰ですか？」

「私です、ソフィア様。伝言がございます」

「入りなさい」

ソフィア王女は、衣類と髪の乱れを一瞬で整え、いつもの口調で応答した。流石《さすが》だ。

入ってきたのは守護騎士のおっさんだった。

「お二人きりの所、お邪魔してしまい申し訳ありません」

「……それはよいので、用件を」

守護騎士のおっさんは、真面目な表情を崩さず、本題に入った。

「タリスカー大将軍が、水の国《ローゼス》の国家認定勇者と話がしたいそうです」

その言葉にソフィア王女の眼《め》つきが鋭くなる。以前の予想通り、火の国《グレイトキース》の上層部から呼び出しがかかったらしい。

◇

「こちらです、勇者殿」

俺は守護騎士のおっさんに案内され、大きな屋敷の前に到着した。

グレイトキース城からほど近く、周りは大きな家が多い高級住宅街であるが一線を画する豪華な宮殿のような屋敷だった。巨大な門の奥には、広い庭園と噴水が見える。

（水の精霊が居る）

何かあっても、最悪身を守ることはできそうだ。

「ようこそ、おいでくださいました。主人がお待ちです、ご案内いたします」

中から執事らしき男が出てきた。

「それでは勇者殿」

「ありがとう、おっちゃん」

俺はおっさんに御礼《おれい》を言って、一人屋敷の門をくぐった。

どうやら将軍は、俺一人に話があるらしい。

（……気が重いなぁ）

偉い人や有名人との謁見は、ふじやんやさーさん、ルーシーと一緒が多かった。

だから俺はそんなに喋る機会はない。例外的にノエル王女は話しやすかったが、あれも桜井《さくらい》くんが居てこそだろう。俺は『明鏡止水』スキルを最大にして、緊張しながら屋敷を案内された。

屋敷には、様々な彫刻やら絵画が飾られており、価値はわからないがこの屋敷の主人の財力が相当なものであることが窺えた。執事の男に案内された先は、部屋の中でなく屋敷の中庭だった。

中庭には小さな舞台があり、そこでは薄布を纏《まと》った踊り子が、楽器の奏でる音楽に合わせ華麗な踊りを披露していた。舞台の周りを松明《たいまつ》で囲ってあり、非日常な空間になっている。

「どうぞ、あちらへ」

執事が手で示す先には、先日会った時よりラフな恰好《かっこう》のタリスカー将軍が、周りより三段ほど高くなっている高座に腰かけて、こちらを見下ろしていた。

将軍の周りには、豪華な料理や山盛りのフルーツが置かれ、左右には美しい女性を侍《はべ》らせている。

(THE・権力者!)

絵にかいたようなお偉いさんだ。

——ゲーアハルト・タリスカー大将軍。

灼熱《しゃくねつ》の勇者オルガ・ソール・タリスカーの父親であり、グレイトキース軍の総大将《トップ》。火の国《グレイトキース》において、国王に次ぐ権力者である。グレイトキース王とも親しいらしい。

この国に居る限り、逆らってはいけない人物だ。

「……この度はお招きいただき」

俺はソフィア王女に教わった通り、高座の手前で跪《ひざまず》いて挨拶をしようとした。

「勇者殿、そうではない」

突然、将軍が立ち上がり俺の手を引いて高座の一番上まで連れられた。そして、将軍の隣に座るよう促される。

「今宵《こよい》は勇者マコト殿こそが主賓。お待ちしておりました」

先日よりもフレンドリーな口調。しかし、その目は笑っておらずこちらを観察する鷹《たか》のような眼だ。

「ありがとうございます……」

俺は緊張しつつ、促されるままに隣に座った。

「酒と料理を勇者殿に。音楽と舞踊で盛り上げよ」

将軍が命じると、音楽が激しくなり踊り子《ダンサー》が激しく煽情《せんじょう》的に舞う。俺の両脇に露出の多い女性がさっと現れ、俺に酒を注いできて、料理を箸で口まで運んできた。

お、落ち着かん！

流石に料理は自分で食べると告げ、酒は度数の弱い果実酒を少し注いでもらった。しばらくは、料理や踊りについて聞かれたので、適当に褒めたり驚いたりしていた。

「勇者マコト殿。この度は砂竜《サンドドラゴン》の群れの討伐、感謝いたします」

宴《うたげ》から少し経《た》って、タリスカー将軍が砂竜《サンドドラゴン》の話題を振ってきた。ここからが本題だ。

「いえ、幸運《ラッキー》なだけです……」

俺は、さーさんが砂竜《サンドドラゴン》の群れを倒すのに立ち会っただけである。

「それにしても、勇者マコト殿は魔法使いと聞きましたが、戦士としても一流のご様子。討伐された砂竜《サンドドラゴン》は、魔法でなく物理的な攻撃のみで倒されていた」

「……」

それ、さーさんが素手で全部ぶん殴ったからです、とは言えない。

「普段は短剣しか持ち歩いていないようですが、本来の武器は違うのでしょう？」

将軍が確信めいた口調で問うてくる。

「さて……どうでしょう」

短剣より重い得物は持てないんですよ、身体能力《ステータス》的に、とも言えない。なんか、黙ってばっかりだな。タリスカー将軍は、俺の返事が要領を得ないこと自体は特に気にしていない様子だった。隠し事をしていると思われてるんだろうなあ。

全部さーさんがやったんです、って言えれば早いんだけど。

「勇者様、あの恐ろしい魔物を倒されるだなんて……なんて頼もしい御方《おかた》」

「私、子供の頃から砂竜《サンドドラゴン》には怯《おび》えていたんです。それを倒してくださるなんて……私に御礼をさせてくださりませんか？」

突然、両脇の女性が俺にしな垂れかかってきた。二人とも露出が多いので、必然的に肌が密着する。落ち着かないので離れたいのだが、両脇を固められているので逃げられない。

「おや、その二人は勇者殿が気になる様子。もしお気に召したなら、朝まで傍《そば》に付けさせますが」

将軍がデザートでも勧めるように言ってきた。

「私、勇者様の言うことなら何でもしますからね？」

「あら、私だってそうよ。ねぇ、マコト様はどんなプレイがお好き？」

ん？　今何でもするって……って、そうじゃない！

(マコト～、大丈夫？)

ノア様から呆《あき》れた口調でツッコまれた。言われんでも、わかってますよ。

『タリスカー将軍からのハニートラップに引っ掛かりますか？』

はい
いいえ　↑

『ＲＰＧプレイヤー』さんまで、ご丁寧にハニートラップって注意してきてるし！

「タリスカー将軍、ありがたい御言葉《おことば》ですが、今日は帰らないといけないので」

やんわりと断った。こんな言い方でよかったのだろうか？

「お気に召しませんでしたか。その二人は王都でも一二を争う美女なのですが。違うタイプの女がお好みでしたら、あちらの踊り子はいかがかな」

いや、そういう話じゃないから!?　と思ったが、念のため踊り子のほうも見るとこちらへ魅惑的な笑顔を向けている。きっと水の国の勇者《たかつきまこと》を、誘惑するように言われているのだろう。

改めて両脇の女性を見ると、なるほどかなりの美人だ。

（ただなぁ……）

俺はもともと綺麗《きれい》な女性が苦手だ。という話を昔、ふじやんや桜井くんにしたら「「え!?」」と引かれた。いや、ゲイじゃないって。誤解は解いた。

そうではなく、人見知りなので知らない人は全般苦手なんだが、美人だと更に緊張する。昔からの友達のさーさんや、一緒に冒険しているルーシーが例外なだけだ。最近、ソフィア王女には比較的慣れてきた。そんなんだから、未《いま》だに童貞なんだろう。

フリアエさん？　スキルがないと目も合わせられないね。

そして今も安定の『明鏡止水』スキル99％である。

俺は『ＲＰＧプレイヤー』スキルの視点切替を使って、周りを見渡した。

タリスカー将軍が用意したであろう数多くの美女たち。美人なんだけど、美人だからこそ話すだけで気疲れする。あとついでに言うと、比較するのも恐れ多いが自称・神界随一の美しさ『女神様《ノア》』を思い浮かべると。

（すっぽんだなぁ……）

失礼な言葉が頭に浮かんだ。勿論《もちろん》、口には出さない。

（ふふふ、私と比べちゃ可哀《かわい》そうよ？）

わかってますよ、ノア様。貴女《あなた》と比較できる人なんていませんとも。

俺の冷めた表情を見て、これはいかんと思ったのだろうか。

「勇者殿の酒が進んでおらん。あの三十年モノの葡萄酒《ワイン》を用意しろ」

将軍が、酒と食べ物で釣る方向に変えたようだ。あと最高級の葡萄酒《ワイン》は、とてつもなく美味《おい》しかったことを述べておく。

「夜分恐れ入ります、タリスカーおじ様、水の国《ローゼス》の勇者様」

宴もたけなわという頃、一人の女性がやってきた。

一見、グレイトキース特有の薄手の衣装を着た美女だが、立ち振る舞いや装飾の豪華さが他の女性と明らかに違っていた。そして、俺は彼女に見覚えがあった。

「ダリア殿。何か火急の用件ですか？」

将軍の言葉で思い出した。

――火の巫女《みこ》ダリア・ソール・グレイトキース。


先日、ソフィア王女と会話していた火の国《グレイトキース》の巫女だった。

「その通りです、将軍閣下。人払いをお願いできますか？」

相変わらず、笑顔のようで目が笑っていない表情で火の巫女が淡々と告げる。

「下がれ」

将軍は、近くにいる給仕の女性に人払いを命じた。火の巫女の周りには、俺とタリスカー将軍だけになる。音楽と舞踊は続いており、この騒がしさだと確かに近くに居なければ会話は聞き取れない。

「して、用件とは？」

将軍が言った。

「王都ガムランに潜む蛇の教団が、よからぬことを企《たくら》んでいるそうです」

「その情報は、私も得ている。しかし末端の者を捕らえても計画の全容を把握している者が居ない。恐らく首謀者のみがそれを知っているが、まだ蛇の頭が見つからぬ」

火の巫女の言葉に、将軍が低い声で告げる。先ほどまでの宴の空気は消え、剣呑《けんのん》な空気が支配していた。

「確かに……首謀者はわかりません。しかし、私は彼らの企みを知ることができました」

初めてにぃっと素敵な笑顔で火の巫女が笑った。

「教団の連中は、階位が上がるほど口が堅い。末端の者は何も知らないか、偽情報を持たされている。信用できる情報なのかな？」

「数年前から蛇の教団の中に、神殿騎士《テンプルナイト》を潜ませています。潜入がばれて命を散らせてしまった者も少なくありませんが……、今回は役に立ちました」

敵対組織に潜入！　なかなか近代的だ。俺の視線に気づいたのか、火の巫女ダリアはこちらを見て微笑《ほほえ》んだ。

「全ては火の国《グレイトキース》の平穏のためですよ」

「さ、流石《さすが》ですね」

この辺の合理的な考えは、水の国《ローゼス》も見習ったほうがよさそうだ。

「して、その計画とは？」

将軍が火の巫女に話の続きを促す。

「三日後、王都の端にある地下墓地。その奥が教団の隠れ集会所になっています。普段は、ほとんど使われていませんが、その日は我が国に潜む多くの蛇の教団の関係者が集うはずです。そこを一網打尽に……皆殺しにしましょう」

「わかった。極秘で進めよう。腕の立つ者を用意する」

火の巫女の言葉に、あっさり頷《うなず》く将軍。淡々とした口調が恐ろしい。

「すいません、お邪魔をして水の国《ローゼス》の勇者様」

「いえ……」

正直、俺が聞いてよかったのだろうか？　国家レベルの軍事作戦では？

そろそろ挨拶して帰ろう。そう考えていると、将軍がこちらを真剣な表情で見つめてきた。

「勇者殿、できれば三日後の蛇の教団の討伐、あなたの力をお借りしたいのだが」

「あら、それは名案ですね！　将軍閣下」

「!?」

そうきたか！　タリスカー将軍は俺がどうやって砂竜《サンドドラゴン》を倒したか知りたがっているようだし、火の巫女もどうもこっちを品定めしている気配がある。うまいこと巻き込まれる形にされてしまった。タリスカー将軍と、火の巫女が観察するような視線を向けてくる。

『蛇の教団の討伐に参加しますか？』
はい
いいえ

『RPGプレイヤー』スキルが選択肢を表示する。

（うーん、どうする？）

フリアエさんが視《み》たという王都の破滅の『未来視』を防ぐには、ここに乗っかるべきだろう。だが、これは火の国《グレイトキース》の問題だ。俺一人が参加して何か変わるのだろうか？

しかし、火の国《グレイトキース》と水の国《ローゼス》は、隣国であるため交流は多い。勇者である俺が、隣国の頼みを無下に断るというのは、政治的にNGなのかもしれない。悩ましい。

その時、ソフィア王女の言葉が脳裏に浮かんだ。

「勇者マコト、タリスカー将軍から何か要求があれば、どう答えるかはあなたの判断でかまいません」

ここに向かう前、ソフィア王女は俺にそう言った。

「いいんですか？」

俺は政治や交渉には素人なんだけど。

「良いのです。私はあなたが決めた選択肢を信じます」

それに口を挟んできたのはルーシーとさーさんだった。

「ソフィア王女。マコトって実は考えなしの時も多いわよ？」

「ソフィーちゃん、高月《たかつき》くんってたまに変な行動することあるからね。信じ過ぎると危険だよー」

ちょっとちょっと。二人とも俺の信用なさ過ぎじゃない？　俺も同感です。

その時、ソフィア王女は笑って言った。

「私は勇者マコトを信じると決めていますから」

笑顔で断言された。

ソフィア王女に任された。ならば――。

「わかりました、俺も同行します」

俺は、『はい』を選択した。

「皆様～！　お待たせしました！　これよりグレイトキース武闘大会を開催します！」

風魔法で拡声された実況者の声が響いた。


おおおおぉぉぉぉおおおおおおぉぉぉおおおおおおおっ！！！！！！


地響きと歓声で円形闘技場《コロシアム》が揺れている。闘技場《リング》は、超満員である。

「すげぇ」

「うわー、人がいっぱい」

俺とさーさんが、その迫力にポカンと口を開けて会場を見回した。

「ねぇ、アヤ。対戦相手たちみんな強そうよ？」

「平気平気。心配性だなぁー、るーちゃんは」

ルーシーが不安そうにさーさんの服の裾を引っ張っているが、さーさんは気負った様子がない。闘技場《リング》の中心にある円形のリングに上がる戦士たちは、皆体格が良く見た目にも迫力がある。

ちなみに今回の武闘大会は無差別級――つまり、男女、種族関係なしの大会である。なぜならこの大会の優勝者は、火の国《グレイトキース》における一年間の『国家認定勇者』になれる。

そのため、全ての参加希望者にチャンスが与えられているのだ。そして参加者は、国内だけでなく国外からも栄誉と名声を求め参加してくる。会場では、大会の実況者が次々に参加者の名前を読み上げている。

その度に大きな歓声が上がるのは、恐らく有名な戦士だからだろう。

「それにしてもこれほどの大会なのに、参加者が三十二名とは少ないですな」

「旦那様、違いますヨ。すでに予選大会が行われています。申込者は一万人を超えていたそうデス」

「む、それは知らなかったですな」

「え、まじで？」

ニナさんとふじやんの会話に、俺も驚いて声を上げた。

「さーさん、予選大会なんて出てたの？」

「ううん、出てないよ。エントリーシートに名前を書いただけだよ」

おや、何でだろう？

「勇者マコト。どうやらアヤさんは水の国《ローゼス》の勇者の仲間ということで、特別枠として本大会のメンバーに選ばれたようです」

ソフィア王女が、硬い表情で教えてくれた。

「んー、それってもしかして……」

「恐らく火の国《グレイトキース》の思惑があってのことでしょう。もしアヤさんが自主的に参加しなければ、何かしらの理由をつけて勇者マコトが参加することになっていた可能性が高いですね……」

「大会で水の国《ローゼス》の勇者を負かして、火の国《グレイトキース》の戦士の強さを知らしめるというわけですか」

つくづく目をつけられたもんだなぁ。俺はため息をついた。

「続いて水の国《ローゼス》の代表、佐々木《ささき》アヤ――――!!」

さーさんの名前が呼ばれた。頑張って、と声をかけようとして、周りの空気が一変したことに気付いた。

「引っ込めー！」「八百長野郎！」「Boooooooooo!」「さっさと負けろやー！」「予選を勝ち抜いた連中に悪いと思わないのかー！」「恥を知れ！」

一斉にブーイングが巻き起こった。

「な、なによ！　これは！」

ルーシーが憤慨する。

「アヤさんが、予選を戦わずに本大会へ出たという情報が漏れています。恐らく武闘大会の運営の仕業でしょう」

悔しげにソフィア王女が唇をかんだ。

「グレイトキースの武闘大会の決勝トーナメントは、出場できるだけで戦士にとって最高の栄誉と言われています。並みの戦士では、予選を勝ち残ることすらできませんから……その妬みがあるのでショウ」

かつて火の国《グレイトキース》で戦士をしていたニナさんが教えてくれた。

「ねぇ……さーさん。こんな雰囲気だし棄権したほうが」

俺はさーさんが心配になり、声をかけたがその視線は闘技場《リング》の最上階のＶＩＰ席に向けられていた。そこに座っているのは、グレイトキースの国王やその周りには、国内、国外からの貴族たち。いつか太陽の国《ハイランド》で見た四聖貴族らしき人々の姿も見える。

ジェラルドさんは……居ないようだ。ちょっと、安心。

さーさんの視線の先には、興味が無さそうに大きく欠伸《あくび》をしている浅黒い肌に黒髪の女勇者オルガ・ソール・タリスカーが胡坐《あぐら》をかいていた。

「大丈夫だよ、高月くん。私の目標はあいつをやっつけることだから」

振り返ったさーさんは笑顔だった。棄権する気は、さらさら無さそうだ。

「わかった、でも無理しないようにね」

「うん！」

素直に応援しよう。それからソフィア王女、ルーシーの近くに行って告げた。

「ソフィア、ルーシー。さーさんの応援、お願いしますね」

「任せといて！　マコト」

「わかりました、勇者マコト。もしアヤさんが負傷したら水の国《ローゼス》の回復士に治させます。大会側が回復士を用意していますが、火の国《グレイトキース》の息がかかっていますから、万が一に備えます」

ソフィア王女の心遣いが助かる。

「ねぇ、高月くんは蛇の教団の討伐でしょ。そっちこそ気を付けてね」

逆にさーさんが心配げな視線を向けてくる。そう、蛇の教団の集会が開かれるという日が、奇《く》しくも武闘大会当日だった。偶然だろうか？

（いや、恐らくわざと同日を狙ってきたんだろうな）

太陽の国《ハイランド》で光の勇者の団長就任式を狙ったように。皆の意識が別の方向に向いている時、裏から工作をしてくる手口。今回も例の大主教イザクが絡んでいるのだろうか？

「じゃあ、行ってくるね！」

さーさんは武闘会のリングへ向かって走っていった。

俺はふじやん、ニナさん、ソフィア王女、ルーシーに目を向け……不機嫌そうにストローを咥《くわ》えているフリアエさんに話しかけた。

「姫も応援頼むよ。ところで体調はどう？　先に水の国《ローゼス》に避難してもよかったのに」

王都が滅びる未来を視て以来、フリアエさんは外に出たがらなかった。少し精神的に不安定そうだったので、先にマッカレンに戻ることも提案した。が、結局ここに残った。

「嫌よ。一人で尻尾を巻いて逃げるなんて。それに、私の騎士や他の人たちは逃げないんでしょ。だったら、あんたが未来を変えなさい」

「ああ、わかった」

俺はフリアエさんなりの激励と受け取って、頷《うなず》いた。

「行きましょう、勇者マコト殿」

守護騎士のおっさんが、俺を呼んだ。今回の蛇の教団の討伐に、ソフィア王女の守護騎士のおっさんと、護衛の上級騎士の何名かを借りることになった。

勇者一人で行かせるわけにはいかない、というソフィア王女の判断だ。

（……頑張って。さーさん）

未《いま》だ、ブーイングが続く武闘大会会場を後に、俺たちは討伐隊との待ち合わせ場所に向かった。


「お待ちしておりました。あなた方が水の国《ローゼス》の勇者殿の部隊ですね」

「その通りだ。そなたらがタリスカー将軍が仰《おつしや》っていた、特殊部隊ですな」

火の国《グレイトキース》の騎士と、守護騎士のおっさんが話している。

二人とも大仰な鎧《よろい》は着ておらず、武装は最低限だ。俺はもともと軽装。ぱっと見は、冒険者か傭兵《ようへい》みたいに見える。今回の作戦は、蛇の教団に気付かれてはならない。

そのため、今回用に作った十数名単位の特殊部隊を組み、目標地点を目指すことになっている。目の前の若い火の国《グレイトキース》の騎士は、その案内役だ。

しばらく案内係の騎士についていくと、街が寂れていく様子に気付いた。

「このあたりは貧民街と呼ばれています。王都ガムランでは最も治安の悪い地域です」

案内役の騎士が言った。何と言っていいかわからず、とりあえず頷いた。街の住人を見ると、なるほど衣類はボロボロな者が多いし、子供は裸足《はだし》だ。まだ太陽も昇っていないうちから、泥酔している者や、賭け事に興じている者もいる。

貧民街という言葉には、違和感がなかった。

（ただ……なんか、住人は明るいな）

太陽の国《ハイランド》の最下層《スラム》の街と異なり、皆の顔に生気があった。種族はバラバラで、人間も獣人もドワーフ、エルフなんでもありだ。もしかすると魔人族も居るのだろうか？　道中は特に問題は起きなかった。

途中、悪ガキや物乞いが、何かよこせと絡んできたが、案内役の騎士が何かのマークを見せると青い顔で散っていった。

「さっきのは何ですか？」

俺が気になって質問すると、若い騎士が答えてくれた。

「勇者殿、この『執行騎士』の紋章を見せたのですよ」

手に持っているのは『本と剣を持つ女神』の模様が入った紋章だった。

「ほう、その若さで『執行騎士』とは優秀ですな」

「いえいえ、祖父の代からずっと同じことをやっているだけです」

守護騎士のおっさんが感心したように褒めると、その騎士は少し照れながら笑った。

執行騎士とは、日本で言う『警察』と『裁判官』を兼ねた職業らしい。なんでも、その場で罪人を裁けるのだとか。なるほど、悪ガキが逃げたのは、もっともだ。そして、道案内という意味でも適任だ。彼は王都の隅々まで把握している。

「勇者殿、入り口に到着しました」

しばらく歩き、人通りの少ない裏路地から寂れたゴミ集積所のような場所に到着した。

執行騎士さんが指さす方向には、石造りの門と、地下へ続く階段が見えた。

「これは火の国《グレイトキース》の地下墓地への入り口ですぞ、勇者殿」

「火の国《グレイトキース》の日中は、暑いですから。死者には涼しい場所で穏やかに眠ってもらいたいという、我が国の風習です」

「へぇ……」

守護騎士のおっさんと執行騎士さんが教えてくれた。

「暗いですから、お気をつけて」

俺たちはゆっくりと地下へ続く階段を下りた。地上の暑さが嘘《うそ》のようで、地下はひんやりした空気が満ちている。地下通路は、完全な密閉空間にしないためか所々に空気穴らしきものがあり、光が漏れている箇所もあるが、ほぼ暗闇だ。

俺たちは『暗視』スキルを使い、闇の中を進んだ。

通路の両脇には、どこまでも墓標が続いている。今は昼間で、団体なのでそれほど怖くはないが、深夜に一人で来たいか？　と聞かれると自信を持ってＮＯと言える。

「この地下墓地は、どこまで続いているんですか？」

しばらく歩いても一向に終わりが見えない墓地に、思わず執行騎士の人に質問してみた。

「この墓地と通路は、王都の外まで続いています。もしも王都が陥落した時の非常脱出経路の一つなんです。そのため迷路のような作りをしていますから、お一人では来ないほうがよいですよ」

うん、絶対に行かない。

「火の国の騎士《グレイトキース》は、この地下通路の地図を全員頭に叩《たた》き込まれます。紙の地図を持つことは許されません。理由は……わかりますよね？」

執行騎士に、意味ありげに微笑《ほほえ》まれた。

「敵に奪われると、死活問題だからですね」

なんせ王都の外からこっそり内部に入れる通路なのだ。

「ええ、メモを取っただけで厳罰に処されます。その罰がユニークでしてね。もしも紙に地下通路の地図を書いて保持していた兵士が見つかったら、地下通路の最も奥深くに一人で放置され、自力で戻ってこいというものです。恐ろしいでしょう？」

「「……」」

ブラックジョークだろうか？　俺や守護騎士のおっさん、水の国《ローゼス》の騎士さんたちは顔を見合わせた。

「も、戻ってこられなかったらどうなるんですか？」

一番気になる点を質問した。その問いに執行騎士さんは、視線を外に逸《そ》らした。

「ほら、あちらにある墓標が火の国《グレイトキース》の新人騎士のものです。年に一度は、戻ってこられない兵士が居て……その人を弔うのも新人の役目なんです。私も昔は憂鬱でした」

「「「……」」」

水の国《ローゼス》の民は、ドン引きである。火の国《グレイトキース》の軍人、スパルタ過ぎだろ！

「なんて、冗談ですよ」

「「「え？」」」

俺たちの表情を見て、執行騎士さんが肩をすくめた。ど、どこまでが冗談？

さっき指さした墓標が新人騎士のものっていうのが冗談なのか。罰の内容が冗談なのか。

（深く聞くのはやめておこう……）

　俺たちはその後、無言で進んだ。

　地下墓地の奥は、まさに迷宮《ダンジョン》だった。墓標はなくなり、左右上下に通路が続く。

途中何度も分かれ道があり、初見だと絶対に道に迷うと確信できた。

ちなみに『ＲＰＧプレイヤー』スキルの一つである『地図《マッピング》』スキルはフル稼働している。

万が一、今回の蛇の教団の討伐が嘘で、俺や水の国《ローゼス》の騎士を地下迷宮に閉じ込めるという罠《わな》だったら……流石《さすが》に、ないと信じたい。

「誰か居ます」

　執行騎士が静かに、手で合図した。全員、足を止める。曲がり角の長い一本道の先。

暗闇の奥を『暗視』スキルで見ると、確かに何者かが立っている。場所柄、不死者《アンデッド》の可能性もあるが……。

「蛇の教団の者ですね。恐らく見張りでしょう」

　執行騎士さんは、相当目が良い。なんでも、夜目が利く獣人族の血が混じっているそうだ。ちなみに、火の国《グレイトキース》は強さ至上主義なので獣人族であっても強ければ差別はあまりされないらしい。

「困りましたな、この先は一本道。迂回《うかい》するにも相当時間がかかる」

執行騎士の言葉に、おっさんが腕組みをする。執行騎士は、慌てず魔道具を取り出した。見た目は、砂時計のように見える。

「見張りが居ることは予想通りです。そして、地下迷宮の構造上それを排除することが難しいこともわかっていました。そのため、蛇の教団の集会予想場所付近に見張りが居た場合、この砂が落ち切った時に一斉に奇襲をかける計画です。それならば、見張りに見つかっても問題ない」

「なるほど」

執行騎士の語る作戦に、おっさんが頷いた。では、しばらく待機の方向になりそうだが。

「見張りを無力化してみませんか？」

今までただ、ついていくばかりで役に立っていなかったので、提案してみた。

が、執行騎士と守護騎士のおっさんが怪訝《けげん》な顔をした。

「流石に気付かれずに、見張りを倒すのは無理でしょう」

「ここから見張りまで百メル以上の距離があります。絶対に見つかりますよ」

予想通り反対にあった。

「では、目に見えなければいいですよね」

俺は落ち着いて、答えた。

「寝てますね……」

「こんな、あっさりと……」

俺たちは見張りの近くまで寄ってきたが、蛇の教団の者は深い眠りについていた。ちなみに、見張りは二人いたがまとめて眠らせた。

「水の国《ローゼス》の勇者殿。先ほどの技は初級水魔法の『霧』ですか？」

執行騎士さんが、興味深そうに俺の手に持った小瓶を見つめている。

「ええ、この瓶に入った水を霧状にして見張りに吸ってもらいました。この瓶の中身は、企業秘密です」

中身は、月の巫女《フリアエ》さんが睡魔の呪いをかけてくれた水だ。

「あれほどの距離で、相手に気付かせず無力化するとは！　いやはや、素晴らしい」

守護騎士のおっさんは素直に喜んでいる。

「……面白い技です。参考になりますね」

かたや執行騎士の視線は、鋭い。が、すぐに穏やかな表情に戻る。

「勇者マコト殿のおかげで、前に進むことができます。蛇の教団の者は拘束して、一名の騎士に見張らせます。我々は先に向かいましょう。目標地点《ゴール》が近い」

俺たちは静かに頷いた。その後、会話もなくゆっくりと暗い通路を進んだ。案内をする執行騎士の表情が緊張している。恐らく、目標地点はすぐ近くだ。

　しばらくすると通路の先に、赤い光が見えて来た。

『千里眼』スキルで確認すると、それが炎の明かりであることがわかった。

「居ますね」

「ええ、ここが蛇の教団の集会場所で間違いないでしょう」

　俺たちは、近づき過ぎないように注意して待機をしようとしていた。砂時計が落ち切るには、少し時間が残っている。が、執行騎士さんの目が驚愕《きょうがく》したように見開かれた。

「ば、バカな！」

　突然、執行騎士が走り出した。え？　待機のはずでは？

「勇者殿、どうしますか？」

「彼について行こう」

　俺や守護騎士のおっさんは、状況が呑《の》み込めなかったがとにかく後に続いた。

　そこは、地下に似つかわしくない巨大な円形の劇場《ホール》のような場所だった。

　劇場《ホール》の周りには、松明《たいまつ》が燃えており、中の様子を赤く照らしていた。最初、俺はそれが何かわからなかった。床一面に、ナニカが敷き詰められているのだと思った。

　そこには、折り重なるようにして、数百人の人間が横たわっていた。

　人間が、獣人族が、大人が、子供が、折り重なるように倒れている。

（……し、死んでる？）

俺の目には、それが死体の山に見えた。異様な光景に、身体《からだ》が硬直する。

「くそっ！　なぜこんなことに」

「なんということだ！　おい、しっかりするのだ！」

執行騎士と、守護騎士のおっさんや部下の騎士たちが近くの人に駆け寄る。俺も慌てて、それに続いた。恐る恐る倒れている中の一人に近づき、そっと顔に触れた。

肌はまだ温かい。胸が僅かに上下している。微《かす》かに息遣いが聞こえる。よ、よかった。死んでるわけじゃなかった。しかし、皆意識を失い声をかけても目を覚まさない。

「癒しの水《ヒールウオーター》」

おお！　おっさん、回復魔法が使えるのか。見た目厳《いか》ついのに、器用だな！

水聖騎士団の人たちは、全員回復魔法が使えるようで、おのおの倒れている人に魔法をかけている。残念ながら、俺は回復魔法を使えない。

「ここに蛇の教団の姿はない！　ここに居るのは、全員奴隷だった者だけだ！　しかも、原因は不明だが皆瀕死《ひんし》の状態だ。早く回復士をこっちによこしてくれ！」

執行騎士の人は、通信機らしき魔道具で応援を呼んでいる。回復魔法が使えず、特に助けを呼ぶあてもないので俺は所在ない。改めて倒れている人を、じっくりと観察した。

（ん……？）

違和感があった。身体を纏《まと》う魔力《マナ》が圧倒的に少ない。身体が衰弱している。

まるでごっそり生命力が吸われたような……。そして、俺はこの状態に覚えがあった。

「おっちゃん、魂書《ソウルブック》を持ってない？　できれば白紙のものを」

「いえ、持ち合わせておりませんが……、何に使うのですか？」

「勇者殿！　原因がわかったのですか？」

守護騎士のおっさんに声をかけると、執行騎士さんが反応した。

「多分、生贄《いけにえ》じゅ……自爆魔法を使った……いや、使わされたんじゃないかと」

俺は以前の経験から、推測した。精神と肉体からごっそりチカラを奪われた、あの時の感覚が蘇《よみがえ》った。確か俺も、自爆魔法を使って気を失ってしまった。

「寿命と引き換えに強力な魔法を使うという……しかし、あれは禁呪のはずですぞ！」

守護騎士のおっさんが声を荒らげた。

「自爆魔法の使用は、女神教会から堅く禁じられています。そもそも、やり方すら知られていないはず……なぜ、勇者殿はご存じなのです？」

おっと、しまったな。確かに俺が知っているのも変だな。少し悩んだ末に言った。

「大賢者様に教えてもらいました」

これなら裏取りもできまい。なんせ、太陽の国《ハイランド》の権力者だ。

「白の大賢者様……、大陸一の魔法使いであり、千年の知識をお持ちのあの御方《おかた》ですか……それならば、確かに納得です」

「で、それを確認するために寿命を調べたいんです。何かいい方法はありませんかね？」

魂書《ソウルブック》があれば、寿命が調べられるはずなんだけど。

「それなら問題ありません。私は寿命を調べる魔法が使えます」

「へぇ、そんな魔法があるんですね」

知らなかった。

「相手のステータスやスキルまで知ってしまうので、本来相手に無断で使用することは良くないのですが……今は、緊急事態です。あとで詫《わ》びましょう」

そう言って執行騎士の人は、倒れている子供の額を触り呪文を呟《つぶや》いた。ぽわりと、淡い光が浮かびあがる。魂書《ソウルブック》を使った時の光と同じだ。

「……何ということだ」

執行騎士さんが、表情を歪《ゆが》め呟いた。

「どうでした？」

俺は尋ねた。

「この子は、寿命が残り数日まで減らされています」

「数日だと！　何と惨《むご》いことを！」

執行騎士さんの言葉に、守護騎士のおっさんが怒りの声を上げる。

「この子は、この人たちはどうなりますか？」

何かできることはないのだろうか？

「大丈夫です、巫女《みこ》様のところへ連れて行き火の女神様《ソール》にお願いをすれば寿命をある程度延ばすことができます。……相応の代価は必要ですが」

「代価？」

「お布施のことです、勇者殿」

執行騎士さんの言葉の意味がわからず首を捻《ひね》っていると、おっさんが教えてくれた。

そうだ、この世界の寿命はお金で買えるんだった！

「しかし、相当な金額になりませんか？」

「ええ……、しかし他に方法はありません。国王陛下には私が掛け合います」

弱肉強食な火の国《グレイトキース》の人は、奴隷の命に財をなげうってくれるのか心配だったが、少なくとも執行騎士の人は、ここに倒れている人たちを見捨てる気はないようだ。よかった。

その時、大勢の人が近づく足音が聞こえてきた。

「おーい！　何事だこれは!?」「蛇の教団の連中は居ないのか！」「バカな、火の女神様《ソール》のお告げだぞ！」

ぞろぞろと火の国《グレイトキース》の騎士団が、大勢やってきた。その中には回復士らしき人たちも居る。

「衰弱が酷《ひど》い者から診てくれ！」

「手の空いている者！　こいつらを外へ運び出せ。ここは回復するには狭過ぎる」

「他国の者がいますが、抜け道を教えても良いのですか!?」

「かまわん、非常事態だ。タリスカー将軍から許可は下りている」

バタバタと指示が出されている。回復士の人たちが、重症な人たちを優先して診察している。執行騎士の人は、やってきた騎士団の人たちに指示を出している。

俺や守護騎士のおっさんは倒れている人を抜け道から外へ運びだす作業を手伝った。俺の力だと、子供くらいしか運べなかった。

（ステータスの低さが恨めしいな……）

泣き言を言っても始まらない。手を動かそう。応援は次々やってきて、数百人の倒れていた奴隷たちが半数くらいに減ってきた。

「勇者殿、ここは我々が残りますゆえ。佐々木《ささき》アヤ殿の応援に行かれてはどうですか？」

守護騎士のおっさんが、気を遣ってかそう言ってくれた。

「いや、全員運び終わるまで残るよ」

弱ってる人を放っておいてさーさんの所に行っても、喜んでくれないだろう。俺は地下通路と地上を何往復もした。数時間後に、全員を運び終えた。重症な人たちから順番に、教会へ運び込まれているらしい。もう、俺たちがやることは無さそうかな、と思っていたら執行騎士の人が近づいてきた。

「勇者マコト殿、水の国《ローゼス》の騎士団殿、助かりました。幸い死者は居なそうです」

「それはなにより」

執行騎士さんの言葉に、守護騎士のおっさんの顔にも笑みが浮かぶ。

「結局、蛇の教団は何がしたかったんでしょうね」

大金を使って奴隷を買い集め、全員の寿命ギリギリまで自爆魔法を使わせた。その目的が不明だ。俺の言葉に、執行騎士の人の表情が険しくなる。

「現在、捜索隊を組織して蛇の教団を追っています。今まで泳がせていた教団の者を全て確保して、尋問を行っていますが有力な情報は得られていません」

「我々が到着したことにより、やつらの計画は頓挫したのでは？」

「それなら良いのですが……」

二人の会話を聞きつつ、俺は『明鏡止水』スキルを使い、今日の出来事を反芻《はんすう》した。

その時、頭の中に声が響いた。

（マコト、寿命を奪われた奴隷たちは生贄術を使われた。何をしようとしているかは、私でもわからないわ……多分、水《エイル》の女神や火《ソール》の女神でも）

（ノア様でもですか？）

（今回の件は、悪神ティフォンの加護を強く受けている信者の仕業よ。それに徹底して、未来を隠している。何かが『起きる』ってことしかわからない。気をつけなさい）

（わかりました、ありがとうございます、ノア様）

俺は女神様に御礼《おれい》を言った。

「奴隷の寿命を使って、何の魔法を使ったかを知っておいたほうがいいかもしれない」

俺の言葉に執行騎士の人と、守護騎士のおっさんが視線を向けた。

「自爆魔法は不発だったのでは？　何も起きてはいませんぞ、勇者殿。自爆魔法は、自分の身を犠牲にして魔法を放つ技でしょう？」

「いや、自爆魔法とは足りない魔力《マナ》の代替を寿命で行うだけです。寿命が減ってるってことは何らかの魔法が発動したんだと思う」

「勇者マコト殿、我々は自爆魔法に対しての知識がない。何でもいいので気付いたことを教えてくれませんか？」

執行騎士の人が真剣な表情で頭を下げた。この人は、本当に真面目で真摯だな。それに応えようと、俺は熟考しつつ口を開いた。

「自爆魔法については、今言った通りです。あくまで、魔力《マナ》の補填《ほてん》。……ここからは推測ですが、今回の事象を蛇の教団が起こしたという前提で話します」

ノア様の言葉通りなら、まず間違いないはずだ。俺の言葉に、二人は小さく頷《うなず》いた。

「蛇の教団は、単独ではあまり行動を起こしません。水の国《ローゼス》では、忌まわしき巨人。太陽の国《ハイランド》の王都では、飛竜《ワイバーン》の群れと魔物の暴走《スタンピード》。水の街《マッカレン》でも魔物の暴走《スタンピード》と古竜《エンシェントドラゴン》を連れてきました。木の国《スプリングローグ》では、獣の王《ザガン》の幹部と魔王の復活。……なら、火の国《グレイトキース》でも何か戦力を水増ししていると思う」

「それが奴隷の購入だと？」

俺の言葉に、執行騎士の人が質問した。

「しかし、その奴隷たちも全てここで手放しましたぞ、勇者殿」

「おっちゃんの言う通り、奴隷は戦力とは考えていない。あくまで何かの魔法を使うための燃料。そして、過去のパターンからして蛇の教団は魔物を使うことが多い」

「では、火の国《グレイトキース》でも魔物の暴走《スタンピード》を起こそうとしているということですか!?」

おっさんが大声を上げる。火の国《グレイトキース》の騎士団の人たちが、驚いてこちらを見ている。

執行騎士が慌てて、通信用の魔道具を取り出した。

「王都の見張りに告げろ！　魔物の群れが近づいていないか、至急確認しろ！」

行動が速い。頼りになる。

「勇者殿、ありがとうございます。王都から蛇の教団を逃さないことに注力していましたが、外から狙われる可能性も確かにありますね。いま、外部からの攻撃に備えるよう伝えました」

執行騎士さんが言った。

「では、魔物の群れに注意すれば大丈夫ですな！」

「う、うーん……」

おっさん含め、水聖騎士団の人たちは終わった終わったという顔をしている。少し楽観的過ぎないかな、水の国《ローゼス》の人たち。いい所なんだろうけど、これから大魔王《イヴリース》の軍勢と戦争するには不安だ。

「色々とありがとうございます、勇者殿。私はこれから蛇の教団の捜索隊と共に探索を続けます。勇者殿は、武闘大会に戻られてはいかがですか？　お仲間の戦士殿が参加されているのでしょう。もし、勝ち残っていましたら準決勝あたりだと思いますよ」

そう言って執行騎士の人は走り去っていった。最後まで、好青年だった。

「では、ソフィア様の所へ戻りましょう。勇者殿」

「そうしましょうか」

俺たちは、急ぎ武闘大会の会場へ戻った。今日は朝から、蛇の教団の討伐に参加していたから、既に昼を大きく過ぎている。さーさんは、無事に勝ち残っているだろうか？　途中、走りながらおっさんと武闘大会について話した。

「おっちゃんは、火の国《グレイトキース》の武闘大会出たことある？」

「かつて一度だけ……残念ながら、予選で敗退しました」

「そ、そっかぁ」

悪いこと聞いちゃったかな。

「そもそも水の国《ローゼス》の戦士が、予選を勝ち残ることすら稀《まれ》ですからなぁ。しかし、アヤ殿であれば、良いところまで勝ち残ると思いますぞ！」

「ああ、さーさんならきっと残っているはず」

俺は力強く頷いた。ちなみに、武闘大会のトーナメントを一日で終わらせてしまうのは、せっかちな国民性のせいなんだそうだ。興行的には、数日に分けたほうがいいと思うんだけどなぁ。

ちなみに、怪我《けが》はその場で火の国《グレイトキース》で最高練度の回復士たちが一瞬で治してしまうので問題ないらしい。そんな会話をしているうちに円形闘技場《コロシアム》が見えてきた。守護騎士のおっさんが、身分証を見せ門をくぐる。中に入ると、午前中と同じ、いやそれ以上の喚声が聞こえた。

随分と盛り上がっている。

(遅くなったなぁ……さーさんは、どうなったんだろう？)

俺はルーシーやフリアエさんが居る、選手の関係者席を探した。その時、拡声魔法から声が聞こえた。

――火の国《グレイトキース》大武闘大会！　優勝は、佐々木アヤァ～～～～～！！！！！

……ん？…………………え？

六章　高月マコトは、武闘大会を観戦する

「優勝は、佐々木アヤァ～～～～！！！　新たな火の国の勇者《グレイトキース》の誕生だぁ!!」

聞き違いじゃなかった。確かに、さーさんが優勝したと実況が叫んでいる。

（決まるの早くない？）

例年は、決勝が行われるのは夕方らしいのだが。

「アヤー！」「強ぇー！　圧倒的過ぎるだろ！」「あんなちっこいのに、なんだあの馬鹿力は！」「ぁぁ～、可愛《かわい》い～、持ち帰りたいー」「ハァハァ、アヤたん」

午前中とは打って変わって、好意的な声が多い。いや、熱烈な歓声と言うべきか。

火の国《グレイトキース》の人たちは、強い人ほど好かれるらしいというのは本当みたいだ。一部、変なのも交じってるけど。

「マコト！　戻ったの!?」

「ルーシー。試合は、終わった……のか？」

「そうなの！　アヤってば、全試合、一撃で終わらせたのよ！　凄《すご》かったわ」

ルーシーが俺の方に駆けよってきた。って、さーさん全試合ワンパンかよ。ぱねぇ。

「ねぇ、私の騎士。異世界の連中ってなんでこんなデタラメなのよ」

フリアエさんが、大きな日傘をさしながら手で扇《あお》いでいる。あ、スカートの陰に黒猫《ツイ》が隠れてる。

「なう、なう」

暑かったろうに、おまえも応援してくれたのか。俺は喉を撫《な》でて労《ねぎら》った。

「ただいま、姫。さーさんは特別だよ。でも、まさか優勝するとはね」

闘技場《リング》の真ん中にあるリングでは、さーさんが観客に手を振っている。

「圧倒的だったわ。最初は野次ってた連中がだんだん黙っていくのは痛快ね！」

フリアエさんが呆《あき》れた表情をしつつも楽しそうだ。彼女も、火の国《グレイトキース》に対して多少思うところがあったのだろう。

「さーさんは、怪我とかしてない？」

全員ワンパンで倒したなら、大丈夫だと思うけど。

「私が用意した回復士が無駄になりましたね」

ソフィア王女が苦笑しながら言った。

「でも、ソフィアのおかげで安心できたよ」

俺はお礼を言った。

「高月《たかつき》くん！」

「うおっと、さーさん」

さっきまでリングの上に居たさーさんが、抱きついてきた。

「優勝したよ！」

「おめでとう！　ゴメン、決勝に間に合わなくて」

「ううん、本番はこれからだから」

そう言って、VIP席のほうを見上げる。

視線の先、頬杖《ほおづえ》をついてこちらを見下ろす黒髪に浅黒い肌の美女――灼熱《しゃくねつ》の勇者オルガ・ソール・タリスカーと視線が絡まった。

「それでは、これから休憩を挟んで優勝者佐々木《ささき》アヤとオルガ様の特別試合《エキシビションマッチ》です！」

実況が高揚した声で、宣言した瞬間。

――シュタッ、リングの真ん中に何者かの影が降り立った。

「オルガ様？」

実況の声が疑問形で響く。さっきまで円形闘技場《コロシアム》の最上席に居た、灼熱の勇者オルガだった。え、あそこから飛び降りたのか？　十メートル以上あるよ？

勇者オルガは何も言わず、腕組みをしてこちらを見下ろしている。まるで挑発するように。

「じゃ、行ってくるね。高月くん」

「え、休憩を挟むんじゃ……」

俺が聞く前に、さーさんはひとっ飛びでリングの中央へ降り立った。

さーさんは勇者オルガとほんの一メートルほどの距離で睨《にら》み合う。

「……おや、これは一体。試合は、もう少し後の予定ですが」

実況の戸惑った声が響くと、観客席からのざわめきが大きくなる。俺は『聞き耳』スキルで、さーさんと勇者オルガの会話を拾った。

「試合が終わった後でしょ。回復魔法をかけてもらいなさい」

腕組みをした勇者オルガが、顎で回復士のほうを示した。

「別に要らないよ。さっきまでのはただの準備運動だから」

さーさんが淡々と返事をした。

「へぇ……、じゃあこれからが本番というわけ？　先日の続きかしら」

「そうだよ。あなたをやっつけるから」

不敵に微笑《ほほえ》み合う二人。ビリビリと大気が震えているのは、二人の闘気《オーラ》がぶつかっているからだ。その緊張感にあてられてか、観客席が静かになる。

「あ、あの……、試合はもう少ししてからですが……」

リングに立っている審判が、おずおずと勇者オルガに話しかける。

「この子は、すぐに試合を始めたいみたいよ」

「私はいつでもいーよ」

勇者オルガとさーさんは、お互いに準備ができていることを審判に伝えた。

それを聞いて審判が、実況席の人に何かの合図を送った。

「おおっと、どうやら二人ともすぐに試合を行うようだ！」

「「「「うぉおおおおおお！！！！！」」」」

実況の声に、観客席は一気にヒートアップする。

「それでは、選手紹介にうつります！　特別試合《エキシビジョンマッチ》、対戦するは火の国《グレイトキース》最強の戦士。『灼熱の勇者』オルガ・ソール・タリスカー様だぁ!!」

勇者オルガは、名前を呼ばれても悠然と構えている。

――オオオオオオオオ！！！！！！

周りの観客は喚声をもって勇者オルガを讃《たた》えた。火の国《グレイトキース》において、勇者は武の象徴であり、美しい容姿と歴代の勇者でも随一の力を誇ると言われている『灼熱の勇者』オルガの人気は、絶大だ。

「対して挑戦するは、今回の武闘大会を圧倒的強さで勝ち抜いた『水の国《ローゼス》の戦士』佐々木アヤ選手！　他国の戦士が火の国《グレイトキース》の国家認定勇者となるのは、何十年ぶりか！　オルガ様への健闘を期待します！」

名前を呼ばれたさーさんが、笑顔で観客に手を振る。

――ウオオオオオオオオオ！！！！！

勇者オルガに負けないくらいの喚声が上がる。すっかり観客を味方につけたらしい。

対戦相手が灼熱の勇者《オルガ》であっても、さーさんを応援している人も多い。気になった俺は観客の声を『聞き耳』スキルで拾ってみた。

「どっちが勝つと思う？」「バカ、おまえ。オルガ様が負ける訳ないだろ」「でも、アヤちゃんも強いぜぇ、いい勝負すると思うな」「あぁ、今までの対戦で一番強いのは間違いないだろうな！」

こんな会話が聞こえてきた。やはり火の国《グレイトキース》の民にとって、灼熱の勇者《オルガ》こそが最強であり、オルガの勝利を疑っている者は居ない。

そうこうするうち、勇者オルガとさーさんがリング上で距離をとった。

どちらも特に構えをとらず、自然体だ。

観客には、「早く始めろーー！」と一部ヤジを飛ばしている者もいる。

「それでは、グレイトキース大武闘大会、特別試合《エキシビションマッチ》を開始します！」

実況が試合の開始を宣言した。

「始め！」

審判が合図をした瞬間、さーさんが突っ込んだ。一瞬で距離を詰めたさーさんの拳が、勇者オルガに迫る。それを躱《かわ》し、カウンターに回し蹴りを放つ勇者オルガ。

その蹴りを、さーさんが腕でガードした。

ズシン、と重そうな音が響きさーさんの足がリングに沈み込む。

おいおい、そのリング石製だぞ。そのまま、お互い何度か拳を打ち合うが、どちらも躱すかガードをしている。……ように見えた。

正直、目で追うのが精いっぱいで細かい動きは追えていない。

「見たか、今の攻防」「ああ、すげぇ、あの一瞬でフェイントを二回入れたぞ」「さっきのパンチは三発か？」「ばっか、四回だ。左と右で二回ずつだよ」

観客の目が肥え過ぎじゃない？　なんなのこいつら。なんで普通に解説してるの？

「ルーシー、見える？」

「ええ、二人ともまだ様子見ね。少なくともアヤは、八割くらいのスピードだと思うわ」

「……そ、そっかぁ」

二人とも本気じゃないの⁉　マジかぁ。目の良いルーシーは、ばっちり見えているようだが、どうやら本気を出した二人の戦いを俺が見ることはできなそうだ。しばらく打ち合って、さーさんと勇者オルガが距離を取った。

「やるね。前よりずっと強くなってる」

勇者オルガが、感心したように笑った。

「でしょー、修行したもんね！」

さーさんも無邪気に笑顔で返した。

「じゃあ、そろそろ終わりにしようかしら」

そう言った瞬間、勇者オルガを中心に爆発をするような闘気《オーラ》が膨れ上がった。

――熱気を闘気《オーラ》に変える能力《スキル》
火の女神《ソール》様の加護を受けた勇者オルガを長年強者たらしめていた能力。火の国《グレイトキース》において、その効果は凶悪だ。燦々《さんさん》と降り注ぐ太陽の日差しによって熱せられた空気が、全て勇者オルガの味方だ。次の瞬間、勇者オルガの姿がかき消えた。

ドガッ！！！

と重量のある物体がぶつかったような音がし、黒い影がリングの端に吹っ飛んだ。

（さーさん!?）

俺は焦って慌てて目で追ったが、吹き飛んだ影は、勇者オルガだった。彼女は、すぐに起き上ったが初めて見せる驚愕《きょうがく》の表情を浮かべていた。

「よしっ！」

ルーシーが小さくガッツポーズをした。な、何が起きた？　ダメだ、まったく見えなかった。

「る、ルーシー……どうなったの？」

俺は小声で、ルーシーに尋ねた。

「勇者オルガが、本気を出したんだけど、アヤも武闘大会で温存していた『アクションゲームプレイヤー』スキルを使ったの。『ダッシュ』スキルで三倍のスピードを出して『溜《た》め攻撃』スキルで吹き飛ばしたの！　流石《さすが》アヤね！」

ルーシーが嬉《うれ》しそうに解説してくれた。な、なるほどー、……って、え？

「さーさん、『アクションゲームプレイヤー』スキルを使わずに優勝したの!?」

「そうよ？　もともと勇者オルガに見せないために、温存する作戦だったの」

なんてこった。以前戦った時は、スキルを使っても歯が立たなかったのに、『進化』してからは、スキルを温存して戦ってたのか……。

「ちっ」

もう一度、勇者オルガの闘気《オーラ》が膨れ上がる。が、さーさんは余裕の表情で迎え撃つ。

再び、勇者オルガとさーさんが激突した。次に吹き飛ばされたのは、さーさんだったが大きなダメージを負った様子はない。すぐに立ち上がった。

次はさーさんから仕掛け、三度、二人が激突した。


――数分後。

さーさんと『灼熱の勇者』オルガはまったくの互角だった。しかし、二人の様子は対照的だ。肩で息をしつつ、楽しそうなさーさんと。忌ま忌ましげに表情を歪《ゆが》ませる、勇者オルガ。

観客の様子も明暗がはっきり分かれた。予想されていた勇者オルガの明確な勝ちではなく、今のままでは引き分けの可能性が高い。

一般の観客は勇者オルガとさーさんのレベルの高いバトルに大盛り上がりだ。強い奴《やつ》ほど好まれる国民性というのは、本当らしい。

問題は、火の国《グレイトキース》の王族や貴族が居るＶＩＰ席だ。王族、貴族たちは、一様に苦々しい顔をしている。その中でも険しい顔をしているのは、勇者オルガの父親タリスカー将軍だ。

逆に、他国——太陽の国《ハイランド》の貴族なんかは、ニヤニヤしながら火の国《グレイトキース》の貴族に話しかけている。距離が遠くて『聞き耳』スキルでも声は拾えないが、多分勇者オルガが他国の戦士と互角であることを揶揄《やゆ》しているんだろうなぁ。太陽の国《ハイランド》の貴族は、『いい性格』をしている人が多い。

そういえば、水の国《ローゼス》の姫様はどうなんだろう？　ちらっと振り返ると、キラキラと目を輝かせたソフィア王女と目が合った。

「ゆ、勇者マコト。アヤさんはこれほど強かったのですか!?」

俺の袖を引っ張りつつ、声を弾ませている。

「さーさん、レベル上げ頑張りましたからね」

現在のさーさんのレベルは80オーバー。

ラミア女王《クイーン》に進化してからも、レベルを上げ続けた。

「水の国《ローゼス》最強の戦士が誕生しましたなぁ……、あ、いえ勇者殿を軽んじるわけではないですが」

　おっさんが、慌てたように言い直す。

「間違いなく、さーさんが最強だよ」

　俺は苦笑しながら、守護騎士のおっさんに返事をした。

「なんとも素晴らしい試合です！　実に見ごたえがあります！　勇者オルガ様のお強さは、勿論《もちろん》ですが佐々木《ささき》アヤ選手がここまでの強さとは、大会前の誰が予想できたでしょう！　それでは、名残惜しいですがそろそろ特別試合《エキシビション》は終了のお時間が迫って……」

　実況が、特別試合の終わりが近いことを告げた。

「待てっ！」

　その声を遮ったのは、勇者オルガだった。その怒声に、会場がざわつく。

「来い！　バルムンク!!」

　勇者オルガが叫ぶと、彼女の周りに大小の魔法陣が浮かび上がる。

　一見、紅蓮《ぐれん》の魔女ロザリーさんの空間転移《テレポート》の魔法陣に似ているが、向きが逆だ。

（召喚魔法か……？）

　通常、使役する魔物などを呼び出す召喚魔法。しかし、現れたのは一本の魔剣だった。

　紅《あか》く輝く刀身の魔法剣が、勇者オルガの手に収まった。

「あ、あの……オルガ様？　聖剣の使用は大会では控えるはずでは……？」

実況の人が遠慮がちに疑問を投げかけた。

――火の国《グレイトキース》の聖剣バルムンク。

代々火の女神《ソール》の勇者が持つ、火の国《グレイトキース》随一の宝剣である。

「佐々木アヤ！　灼熱《しやくねつ》の勇者オルガの名において、決闘を申し込む！」

輝く聖剣を構え、勇者オルガが宣言した。

「オルガ様!?　そのような予定は……」

武闘大会の予定にはなかったことなのか実況の人が、戸惑った声を発する。どうやら勇者オルガが急に言い出したらしい。

「何だこれ？」「決闘？」「本気かな、オルガ様……」「まさかぁ」

観客たちもざわざわとしている。

「やめろ！　オルガ！」

観客席の最上段、ＶＩＰ席から大声を上げたのはタリスカー将軍だった。

（あれは、演技なのか、本気なのか……）

火の国《グレイトキース》の最高戦力が、弱小である水の国《ローゼス》の戦士と互角であることを、将軍として良くは思っていないはずだ。しかし、その表情や焦りを含んだ口調が演技とは思えなかった。

「佐々木アヤ！　決闘を受けるか！　どうなんだ！」

勇者オルガは、父親の声を無視してさーさんに向かって再び呼びかけた。

「いけません！　アヤさん、勇者マコト！　聖剣を持った勇者と決闘など無謀です！」

大声で叫ぶのはソフィア王女だ。

「さーさん！」

俺は決闘を受けないよう、伝えようと声をかけた。

「オッケー、高月《たかつき》くん」

さーさんは、ぐっと親指を立て了解の意を示した。その笑顔は、男前だった。

（ん？）

嫌な予感がする。

「違うっ、さーさん！　ストップ！　ストップ！」

慌てて叫んだが、時既に遅く、

「決闘を受けるよ！　オルガさん！」

あああぁ～、受けちゃったぁー!!

「勇者マコト！　なぜ止めないのですか!?」

「止めようと思ったんだよ！」

ソフィア王女に、肩を揺さぶられた。ソフィア王女が取り乱すのは、理由がある。

女神の祝福を受けた勇者は、各国に伝わる聖剣を扱える唯一の存在だ。

水《ローゼス》の国の聖剣『アスカロン』の使い手レオナード・エイル・ローゼス。

木《スプリングローグ》の国の聖剣『クラレント』の使い手マキシミリアン。

太陽《ハイランド》の国の聖剣『カリバーン』の使い手ジェラルド・バランタイン。

そして、火《グレイトキース》の国の聖剣『バルムンク』の使い手オルガ・ソール・タリスカー。

女神の加護を受けた勇者が、女神の祝福を受けた聖剣を手にして『解放』することで、何倍ものチカラを得ることができる。魔王を倒せるのは聖剣を解放した勇者だけだと言われている。だからこそその各国の最高戦力であり、力の象徴なのだ。

もっとも女神の聖剣を解放した『稲妻の勇者』ジェラルドと『灼熱の勇者』オルガの二人がかりでも、借り物の魔剣を持った『光の勇者』桜井《さくらい》くんに、手も足も出なかったそうだけど。

救世主の生まれ変わりと呼ばれるのも仕方ないチート具合だ。

本当に無茶苦茶だな、あんにゃろう《さくらいくん》。

「佐々木アヤ、武器を用意しろ！」

リング上では、赤く輝く聖剣を構える勇者オルガがさーさんに武器を取るように促した。

流石に丸腰の相手に襲いかかったりは、しないらしい。

「私は素手でいいよ」

さーさんは、手の平を拳で叩《たた》く仕草をした。

「おおっと――！　佐々木アヤ選手、まさかの聖剣を持ったオルガ様相手に素手で挑むようだー！　これはあまりにも無謀！　自殺行為ではないかー！」

あ、実況が復活した。開き直ったらしい。

「無理だー、棄権しろー」「アヤちゃん、死んじゃうわ！」「逃げてー」「オルガ様ー、お気を確かに！」

会場の観客たちも、さーさんのことを心配している。しかし肝心のさーさんは、ニコニコ手を振っている。

（……これはマズイな）

さーさんは、まったく引く気配がない。

「ねぇねぇ、これって大丈夫？」

ルーシーが俺の肩をトントンと叩いて不安そうな表情を見せてきた。

「あんまり良い状況じゃない。でもさーさんが決闘受けちゃったからなぁ」

「な、何をのん気な事を言っているのですか！　勇者マコトにルーシーさんは、アヤさんが心配ではないのですか！　私が止めてきます！」

ソフィア王女が、リング上に上がろうとしたところを、フリアエさんがガシッと止めた。

「もう始まっちゃうわよ。ここに居ると巻き込まれるわ」

そのままずるずるとソフィア王女を引きずっていった。助かった、俺の力じゃソフィア王女を止められないからな。リング上では、勇者オルガが構えた『聖剣バルムンク』が燃え盛る炎のように輝いている。

火の女神様《ソール》の祝福を受けたと言われる刀身に集まる魔力《マナ》は、さながら爆発寸前の爆弾のようだ。空気中をちりちりと熱気が走る。

「本気で、素手で戦うつもり？　死ぬわよ」

剣を構えた勇者オルガが、最後通告をするようにさーさんに語りかける。

「いーから、いーから。さっさとかかってきて」

さーさんは、気軽に手をクイクイと手招きする。それを見て、勇者オルガの表情がさらに険しくなる。

「後悔しなさい……異世界の戦士」

ぼそりと、勇者オルガが呟《つぶや》いた。もしかすると、彼女は異世界人が好きではないのかもしれない。いきなりやってきて、世界のパワーバランスを壊した異世界人《おれたち》が。

「ゆ、勇者マコト！　このままだとアヤさんが！」

ソフィア王女が、フリアエさんに羽交い締めされたまま暴れている。

「大丈夫、さーさんは平気だから。落ち着いて」

「え？」

その声に、ソフィア王女が訝《いぶか》しげな表情になる。

「なぜ、そんなに落ち着いているのですか……」

「ソフィア、それは」

「もう、始まるわよ」

俺がソフィア王女に説明しようとした時、ルーシーがリング上を指さした。

「審判！　合図をしたら、すぐに離れなさい！　巻き添えをくらうわよ」

「……本当によろしいのですか？」

審判は、さーさんに問いかけた。

「うん、いいよ」

さーさんの横顔は、この上なく落ち着いていた。

「では、いざ尋常に……勝負！」

審判が叫ぶと同時に、リング上から降り去った。残ったのは、勇者オルガとさーさんのみ。観客は息を呑《の》み、実況も何も喋《しゃべ》らない。

一瞬の間を置き、勇者オルガがかき消え、次の瞬間リングが爆発した。

俺には『灼熱の勇者』オルガの攻撃も、それを受けたさーさんの姿も目で追えなかった。だから、これはあとでルーシーに教えてもらった情報だ。

聖剣を構えた勇者オルガは、上空高く飛び上がり、剣に集まった魔力《マナ》を地面へ叩きつけるように剣を振るったらしい。

そのさながら隕石《いんせき》ような攻撃を、さーさんは正面から受けたそうだ。リングは爆撃を受けたように押し潰され、爆風が俺たちを襲った。巨大な赤い光が十字に立ち昇った。

俺が目で追えたのは、ここからだ。

（あれは……桜井くんの魔法剣技や、紅蓮の魔女《ロザリー》さんの聖級魔法と同じだ……）

どうやら、聖級に準ずる威力ならばあの十字の光が出現するらしい。

リング上は、巻き上がった土埃《つちぼこり》で何も見えない。

「アヤさん!?」

ソフィア王女の悲鳴が上がった。観客席は、勇者オルガの攻撃の桁違いの威力に恐れおののいている。

「……い、一体どうなったのか。……佐々木アヤ選手は無事なのでしょうか？」

実況の言葉は、会場全体の気持ちの代弁だろう。徐々に、土埃が晴れてきた。

石製のリングは、粉々に砕け散っている。誰も声を発しない。観客の息を呑む音が聞こえた気がした。

「…………え？　あ、あれは……お、オルガ様？」

実況の震える声が響いた。最初に見えたのは、円形闘技場《コロシアム》の内壁に叩きつけられたのだろうか？　壁にもたれる様にぐったりしている勇者オルガだった。勇者オルガの鎧《よろい》は、何か巨大なモノとぶつかったように砕けひび割れている。

（し、死んでないよな？）

交通事故にあったような様子に心配になった。

「…………………うぅ」

どうやら意識はあるようで、勇者オルガがふらふらと立ち上がった。よかった、生きてる。勇者オルガは信じられないモノを見たような顔で、自分の砕けた鎧とリング上を見比べた。手には何も持っておらず、聖剣は見当たらない。

「さ、佐々木《ささき》アヤ選手は無事だー！　リングに立っているのは、佐々木選手です！」

実況の声が響いた。土埃の中心、勇者オルガの攻撃の最も激しかった場所に何事もなかったように、さーさんが立っていた。

――虹色に輝きながら。

「あーあ、アヤったら新しいスキルを全員に見せちゃったわね」

「まあ、無事でなによりだよ」

ルーシーの声に、俺もほっと息をついた。大丈夫だとは、思っていたけど、目の前の攻撃の威力を見ると流石《さすが》に少し心配だった。

「勇者マコト！　あれは一体どういうことですか!?」

ソフィア王女が、俺に摑《つか》みかかる勢いで尋ねてきた。

ソフィア王女は公務が忙しそうで、さーさんのスキルを説明する時間がなかった。

「あれは、さーさんが『進化』して得た新しい『アクションゲームプレイヤー』スキルの能力ですよ」

「新しい能力……あの七色の光がですか……？　あ、光が消えますね」

ソフィア王女の言葉の通り、さーさんを覆っていた七色の光が消えた。

「高月くんっ！　勝ったよ！」

ぶいっと、右手でピースをしてくるさーさん。

が、俺の目はさーさんの足元に転がっているくの字に曲がった聖剣にとまっていた。

（ヤバくね……？　火の国の国宝《グレイトキース》をぶっ壊したんだけど……）

女神の祝福を受けた聖剣の価値は、値段の付けられないものだと聞いたんだが。国際問題に発展しないだろうか？

「お、おめでとう。さーさん」

まずは、仲間の勝利と無事を祝福しよう。

「うん！　褒めて褒めて」

さーさんが俺に飛びついてきて、尻尾を振る勢いで抱きついた。

「あの……アヤさん。あなたのスキルは何の能力なのですか？」

呆然《ぼうぜん》とした表情のソフィア王女が、質問した。

「ふっふっふ、私の新スキル『無敵時間』だよ！」

「……なんですって？」

さーさんの回答に、ソフィア王女がぽかんと聞き返す。俺は初めてそのスキルを見た時、言葉を失ったことを思い出した。

『アクションゲームプレイヤー』スキル――の新能力『無敵時間《スーパースター》』。

その効果は、シンプルかつ凶悪だ。スキルの発動している一定時間、無敵になる。

使用者《プレイヤー》はあらゆる攻撃を防ぎ、あらゆる防御を無効にする。ソフィア王女は、そのあんまりな効果を聞いて固まっている。ルーシーとフリアエさんが「なしよねー」「あれはないわー」と言い合っている。

「えへへー」

さーさんが照れたように笑った。さーさんの笑顔が可愛《かわい》かったので、頭を撫《な》でておいた。

そして、思った。

――さーさんのスキル、反則《バグ》ってるよ。

七章　高月マコトは、破滅に抗う

「お、オルガ様……続けますか？」

実況がおずおずと声をかける。勇者オルガは、焦点の合っていない瞳のまま首を左右に振った。

（まあ、自慢の聖剣を使った攻撃が全く通じず、吹っ飛ばされたからなぁ……）

ここでさらに挑んでくるようなら、相当な強メンタルなんだけど、違ったようだ。

勇者の聖剣は哀れな姿で折り曲げられている。……あの聖剣、魔王との戦いの前に直るんだろうか？

「で、では！　今回の特別試合……いえ、決闘は佐々木アヤ選手の勝利です！」

実況が、さーさんの勝利を宣言した。

「「「「うぉおおおおおお！」」」」

観客席からは割れんばかりの喚声が上がった。正直、灼熱《しゃくねつ》の勇者オルガが負けて暴動が起きないか心配だったけど、火の国《グレイトキース》の民の皆さんは普通にさーさんの勝利を讃《たた》えている。

本当に、強けりゃいーんだな。ある意味、わかりやすい。

「アヤ！　やったわね！」

「勝ったよ！　るーちゃん！」

さーさんとルーシーが、パアンとハイタッチしている。ソフィア王女は、まだ呆然としている。フリアエさんは、黒猫《ツイ》と遊んでるな。全然、心配してないんかい。

と、俺の視線に気づいたのかこっちを見て半眼で言った。

「私、この未来視《み》えてたもの」

「あー、そうなんだ」

そりゃ心配しないわな。じゃー、そろそろ帰ろうかなというところで、突然フリアエさんが俺の肩を思いっきり摑んだ。

「待って、私の騎士。何か変だわ」

「？　変って、何が？」

フリアエさんの声に、俺はあたりを見回す。

武闘大会のリングは勇者オルガが粉々に砕いてしまったため、運営スタッフさんたちが片付けをしている。本来は、表彰式や国家認定勇者の任命式がリング上で行われる予定だったそうだが、舞台がなくなってしまったので、後日グレイトキース城にて取り行うと発表が聞こえてきた。会場の観客たちは、おしゃべりしつつ帰ろうとしている。

中にはそのまま宴会を始めている連中もいる。平和だ。特に変な様子はない。

「どーしたの、ふーちゃん？」

「ほら、ソフィア王女。帰りましょ」

さーさんとルーシーもこちらへやってきた。

「なぁ、姫。一体、どうし……」

「くそっ、ミスった。視逃した！　すぐ逃げるわよ！」

フリアエさんは、俺の問いに応えず、焦った口調で俺たちに告げた。俺とルーシー、さーさんは顔を見合わせ、首を傾《かし》げた。

時刻は正午を過ぎて二時間くらい。まだ外は暑く、太陽は眩《まぶ》しい。

空には雲一つない、青空が広がっている。フリアエさんが、何に焦っているのか詳しく話を聞こうとした時、

――突然、周りが暗くなった。


「あら、雲？」

ルーシーが空を見上げた。俺もそれにつられ上を見て、その黒い影が視界に入った。

さっきまで地上を照らしていた太陽の光を、巨大な何かが遮っていた。

「おい！　何だあれ！」

「雲じゃないよな」

「岩……？」

「バカ言うな。あんな巨大な岩があるわけ……」

会場にいる人々が一斉に、空にある黒い影を指さした。なんかいきなり空に現れた？

「マコト！　あれこっちに向かって落ちて来てるわ！」

ルーシーの声で我に返った。

「ルーシー、あれは何だ!?」

「わからないわ！　いきなり現れたもの！」

そうだよな、さっきまで間違いなくなかった。しかし、今俺たちの真上に確かに巨大な岩石らしきものが浮かんでいる。

（まだ遠いけど……あれ、相当巨大な物体だよな……）

直径は、数キロあるのではなかろうか。岩というよりは、島が空中から降ってきているような感じだ。

（マコト！　フリアエちゃんの言う通り逃げなさい！）

ノア様？　これって、何が起きてるんです？

（マコくん！　説明の前に逃げるのが先よ！　これは悪神族を信仰する連中が……）

水の女神様《エイル》もいつもの余裕はない口調だ。ひとまず、行動したほうが良い気がする。俺は守護騎士のおっさんと目を合わせ、ソフィア王女を中心に移動を開始しようとした。その時。

　——怯《おび》えているね、蛆虫《うじむし》たち。

　拡声魔法による音声が、円形闘技場《コロシアム》内に響いた。さっきまで実況していた人とは違う、ねっとりとした口調。

「見て！　高月《たかつき》くん」

　さーさんが指さす方向、先ほどまで実況の人が居た場所に黒いローブを着た男が立って、拡声用の魔道具を持っていた。実況の人含め、周りの人たちは突然の不審者に距離を置いている。警備の騎士の人、早く取り押さえなきゃ！

「貴様、何者だ！」

　と思ったらすぐに周りを火の国の騎士《グレイトキース》たちが取り囲んだ。あ、今叫んだのは一緒に蛇の教団討伐に向かった執行騎士の人だ。こっちに来てたのか。執行騎士に呼ばれた黒いローブの男は、ニィと大きく口を歪《ゆが》めた。

「私の名はイザク。偉大なる指導者イヴリース様の息子であり、蛇の教団の大主教だ！」

　お、聞き覚えがある名前が出てきた。

「また、アイツ？　しつこい男ね、マコト」

「太陽の国《ハイランド》の王都で、自爆テロとか魔物を操ってたやつだっけ？　高月くん」

「ああ、木の国《スプリングローグ》でも色々裏でやってた黒幕……のはず」

働き者だな。働き者のテロリストとか、要らないんですけど。

「捕らえろ！」

あ、イザクさんが捕縛されてる。

「は、放せっ！」

イザクが多勢に無勢で押さえ込まれている。何しに来たんだあいつ？

「私を捕らえたところで手遅れだ！　今貴様らの頭上にある『彗星《すいせい》』は、我々蛇の教団による『召喚魔法』で呼び出した！　数百人の奴隷の寿命を使ってな！　偶然この星の近くを通過していた彗星を、火の国《グレイトキース》に向き先を変えたのだ！　数刻後に、火の国《グレイトキース》の王都は大陸から消え去ることになる！」

すでに身体《からだ》を太い縄でぐるぐる巻きにされた蛇の教団の男が、拡声魔法で叫んだ。

（こいつ、今とんでもないことを言ったぞ？）

彗星をこの王都に落とす？　本当に、そんなことが可能なのか？

俺の聞き違いではなかった証拠に、それまで危機感のなかった観客たちが悲鳴を上げて一斉に逃げ出した。怒声と悲鳴と、子供の泣き声が遠くで聞こえる。大混乱が起きている。

「民を都の外に、誘導しろ！　王城から魔法使いを全員呼び出せ！　非番の者も含め全てだ！」

　タリスカー将軍が、大声で部下たちに命令している。その後ろでは、王族らしき人たちが避難しているのが見えた。

「勇者殿！　我々はどうしますか？」

　守護騎士のおっさんが、焦りの表情で聞いてくる。

「おっちゃんは、ソフィア王女と……あと、俺の仲間も一緒に連れて王都の外に避難して欲しい」

「わかりました！……勇者殿はどうするのです？」

　俺の依頼に頼もしく返事をしてくれ、最後に心配な顔を向けられた。

「ちょっと、気になることがあって将軍と話をしてくるんで。後で追いかけるよ」

「何言ってるの!?　私の騎士、一緒に逃げなきゃ！」

「勇者マコト!?　そんな時間はないのでは……」

　フリアエさんとソフィア王女にも、詰め寄られた。

「まあまあ、大丈夫だから。じゃあ、また後で」

　問答をしている時間が惜しかったので、二人を守護騎士のおっさんに押し付け、会場からの避難を促した。流石《さすが》にローゼス王家の一団だけあって、火の国の騎士《グレイトキース》たちが優先的に案内をしてくれている。あれなら大丈夫そうだな。

（あと心配なのは、ふじやんだけど……）

未《いま》だ会場の混乱は治まる気配がなく、むしろ街全体に混乱が広がっているように思える。王都の頭上にある巨大な岩の塊は、ゆっくりその巨体がこちらへ向かってきている。ふじやんなら、何か異常を察知したらすぐに情報収集をして、行動を起こしているはず。

うまく逃げ延びていると信じよう。俺は守護騎士のおっさんの後ろ姿が消えるのを確認して、タリスカー将軍が居る方向に向かった。

「ねぇねぇ、高月くん。気になることってなに？」

「マコト、ほんとに逃げなくて大丈夫？」

さーさんとルーシーが、左右から俺の方を覗《のぞ》き込んできた。って、

「何で二人は逃げてないんだよ！」

俺はみんな守護騎士のおっさんと一緒に、避難してほしかったんだけど。

「え、だって高月くんが残るんだし」

「マコトが残るなら、一緒に居るわよ」

「……あのさぁ」

全くこの二人は肝が据わってる。

「それにいざとなったら高月くんと、るーちゃんを抱えて私が走るよ！　任せて！」

「あー、それは確かにいい考えかも」

さーさんの脚力なら、あっという間に王都の外に出られる。昔、一度やってみたけど凄《すご》いスピードだった。ただし、とてつもなく怖かった。例えるなら安全装置のないジェットコースターというか。

「ふっふっふ、甘いわよアヤ！　私なんてママとの地獄の特訓で空間転移《テレポート》使えるようになったもんね！」

「え!?　マジで？」

「るーちゃん凄い！」

おお！　それは嬉《うれ》しい誤算だ。空間転移《テレポート》が使えるなら、一瞬で逃げられる。

（……ん～？）

が、俺はふと気づいた。ルーシーとの付き合いは長い。もし、本当に空間転移《テレポート》をマスターしてるなら、もっとドヤ顔で自慢していたはずだ。

「ルーシー、ちなみに空間転移《テレポート》の詠唱は何分かかる？」

「……………十分くらい？」

だよなぁ。

「ちなみに、成功率は？」

「…………じゅ、10％……くらいです」

「………るーちゃん」

ルーシーとさーさんがショボーンという顔になった。

「まあ、そんなことだろうと思ったよ。一応、詠唱はしておいてくれ。基本はさーさんに抱えてもらって逃げるプランにしよう」

任せて！　とさーさんが拳を握りしめる。ルーシーは、気まずそうに詠唱を始めた。

ちなみに、ルーシーのお母さんのロザリーさんは無詠唱で隣の国くらいなら飛べるらしい。紅蓮の魔女様《ロザリー》、マジ化け物。そのうちルーシーも同じようにならないかなぁ。

でも、ロザリーさん二百歳以上だからなぁ。未来の話だ。

そんなことを考えていると、

「撃て！」

どこかで掛け声が上がった。上空を見上げると、空の巨岩に向かっていくつもの光線が走るのが見えた。火の国の魔法使い《グレイトキース》が、彗星に向かって攻撃魔法を放っている。

「あれ、当たってなくない？　るーちゃん」

「アヤの言う通りね。ほとんど届いてもいないわ」

「二人とも視力いいね……」

さーさんとルーシーには、魔法の軌道まではっきり見えるらしい。

俺は『千里眼』スキル使ったんだけどなー。遠過ぎて見えん。

何でうちのパーティーの女子たちは、こんなにスペック高いんだろう？

「これは優勝者のアヤ様と、水の国《ローゼス》の勇者マコト様ではありませんか」

「大変なことになりましたね」

俺の姿を見かけてやってきたのは、執行騎士の人だった。

「はい、まさかこのようなことになるとは……。魔物の群れ程度であれば、何万匹来ようが王都はビクともしませんが、こんな魔法は過去に前例がない……」

「彗星を落とすとは、敵も考えましたね。防ぐ手立てはありそうですか？」

一応聞いてみたが、さっきから絶え間なく放たれている魔法がその防ぐ手段なのだろう。そして、どうも効果は薄そうだ。

「いえ、残念ながらまだ良い手段がなく色々試している段階です……なので、早くお逃げください」

「じゃあ、タリスカー将軍に会わせてもらえませんか？　話したいことがありまして」

「将軍にですか……しかし」

一応、水の国《ローゼス》の勇者とはいえ非常時に他国の軍の最高責任者に会いに行くのは難しかっただろうか？　でも、一応断りは入れておきたいんだよなぁ。

「わかりました、勇者殿。こちらへお越しください」

悩んだようだったが、幸い執行騎士の人はこちらの要望に応えてくれた。

俺が連れられた場所は、円形闘技場《コロシアム》の一区画。そこは軍の指令部のようになっていた。王都の民の避難の指示を出す部隊。迫って来る彗星の対応をする作戦を立案している部隊。まだ事態を把握していない民に情報を伝える部隊。混乱で発生した怪我人《けがにん》を介護する部隊もいる。

そして、その中心に居るのはタリスカー将軍だ。各部隊の報告を聞きつつ、険しい顔をしている。隣には、項垂《うなだ》れている勇者オルガの姿が見える。大丈夫かな？

執行騎士の人が、将軍に近づき耳打ちした。将軍はこちらを見て、一瞬怪訝《けげん》な顔をしたが無視することなく、俺たちのほうへやってきた。

「申し訳ありませぬ、新たな国家認定勇者を決める由緒ある場で、このような事態になってしまい……」

タリスカー将軍からは、開口一番に謝られた。

「しかし、今はのんびり話している時間はない。火の国《グレイトキース》の危機は我々で、何とかしますのであなたたちは早く避難を。佐々木《ささき》アヤ殿は、あくまで火の国《グレイトキース》の勇者になる権利を得ただけの状態なので、ここに残る必要はありません」

近くに居た火の国《グレイトキース》の騎士が、俺たちを案内するような手の仕草をした。他国の者は、すぐに逃げろということらしい。それ自体は普通の対応だろう。

その時、ふわりと空中に文字が浮かんだ。

『火の国《グレイトキース》の危機を救い、火の国《グレイトキース》に恩を売りますか？』
はい　↑
いいえ

……あのさぁ。表現に悪意がある。最近、性格が悪くない？　『RPGプレイヤー』スキルさん。

（まあ、俺の気持ちを代弁してくれたんだろうけど）

てことは、俺が性格悪くなった？　いやいや、そんなことはない（はず）。

（本当かしら～？）

ノア様から茶々が入る。ええい気が散る。俺は将軍に、向き直った。

「将軍、空に在るアレを何とかしていいですか？」

俺は空から迫りくる彗星を指さしながら、こちらの用件を伝えた。

「……何か方法が？」

俺の言葉を聞き、将軍の目がより鋭くなった。

◇タリスカー将軍の視点◇

蛇の教団による『彗星《すいせい》』落とし。火の国《グレイトキース》の王都に過去最大の危機が迫っている。

(……敵を甘く見た)

どんな敵の軍勢が来ようと、どれほどの魔物が押し寄せようと王都の守りは万全のはずだった。だが、このような手段は想定していなかった。

王族、貴族は空間転移魔法《テレポート》により避難中だ。じきに、安全な場所へ逃れるだろう。しかし、王都ガムランには数十万を超える民が暮らしている。移動手段がある者、魔法が使える者は短時間でも王都から離れられるだろう。しかし、徒歩しかない一般人は？

どれほどの死者が出るのか……、想像してしまい奥歯がミシリと音を立てた。

「何か、策はないのか。王都の上級以上の魔法使いを全員集めて、あの巨岩を吹き飛ばせぬのか！」

思わず語気が強まった。

「もうやっています！　王級、超級、上級の魔法使い全員で対処しております！」

「効果は？」

「……確認できません」

であろうな、私の目にも変化は見られない。

「魔導兵器はどうだ？　攻城兵器や魔物殲滅《せんめつ》用のものがあるだろう」

「全て、射程外です……。発射準備はできておりますが、もっと引きつけなければ意味がない。空から降ってきている巨大な物体を王都の上空ギリギリで砕いたところで、その破片は全て王都に降り注ぎ街を破壊する。頭を抱えそうになっていると、部下の一人がやってきた。

「将軍。水の国《ローゼス》の勇者が来ています。将軍と話がしたいと」

「……何？」

視線を向けると、細身の青年が、物珍しそうに我が軍の様子を見ている。

——水の国《ローゼス》の勇者高月《たかつき》マコト。

二年前、光の勇者と共に異世界転移してきた者たちの中で、最も評価が低かった人物だ。情報は火の国《グレイトキース》にも報告《レポート》され、私は彼の能力を確認《チェック》した。

身体能力《ステータス》は最弱。スキルは平凡。復活する大魔王《イヴリース》の軍勢と戦える者ではなかった。当然、受け入れは見送られた。どの国も『彼は要らない』と判断し、引き取らなかった。

そして一年以上が過ぎた後、水の国《ローゼス》の国家認定勇者として突如、名が広まった。

だが、その頃の高月マコトに興味を持つ者は少なかった。所詮は、弱小国の勇者。大したことはあるまいと。

その後、太陽の国《ハイランド》で、稲妻の勇者ジェラルドとの野良試合に勝利し、王都シンフォニアを襲った蛇の教団と魔物の群れを退け、水の国《ローゼス》で古竜《エンシェントドラゴン》を倒し、木の国《スプリングローグ》で、魔王を滅ぼした。

千年前、大魔王《イヴリース》との戦いでろくな活躍をしなかった水の勇者。その汚名をそそぐため、水の女神エイル様の寵愛《ちようあい》を受けているのだ、という噂《うわさ》が囁《ささや》かれている。

今やその名声は『救世主の生まれ変わり』光の勇者桜井《さくらい》殿に比肩する。

それが面白くなかったのだろう。愚娘のオルガと幼馴染《おさななじみ》であるダリアが共謀して、水の国《ローゼス》の勇者にちょっかいをかけていた。

火の女神《ソール》の勇者であるオルガは、力を誇示し。火の女神《ソール》の巫女《みこ》であるダリアは、神殿の人間を使って水の国《ローゼス》の勇者の悪評を広めていたようだ。

私はやめるよう告げたが、二人は聞く耳を持たなかった。あげくオルガは、水の国《ローゼス》の勇者の仲間に大敗を喫した。今後の、水の国《ローゼス》との関係性が微妙なものになってしまった。だが、今はそんなことはよい。私は、高月マコトの近くへ歩いた。私は視線を向け、会話を促した。

「将軍、空に在るアレを何とかしていいですか？」

件《くだん》の水の国《ローゼス》の勇者マコトが、さらりと告げた。周りの人間が、必死の形相で危機をどうにかしようとしている中、場違いなほど平静な表情。

『明鏡止水』スキル保持者らしいが、それだけなのだろうか？

どうしてこれほど落ち着いていられる？

「……何か方法が？」

私は、短い言葉で質問した。

「それは、企業秘密ですね。試したい魔法がありまして」

意味ありげな返事がきた。何やら秘策があるようだが、内容までは教えるつもりはないらしい。勇者の技は、国家機密だ。べらべらと喋《しゃべ》りはしないだろう。

「ははっ！　バカを言え、水の国《ローゼス》の勇者！　もはや、あれは止められん！」

捕らえていた蛇の教団員――大主教イザクを名乗る男が、大声を上げた。

だが、尋問の結果やつは何も知らない、大主教イザクに傀儡《かいらい》として操られているだけの狂信者だった。先ほどまで、静かにしていたが高月マコトがやってきた瞬間、饒舌《じょうぜつ》になった。

「いいか！　あの彗星は魔法で創ったものではない！　百年に一度の頻度で、この星の近くを偶然通り過ぎていた巨大彗星の軌道を召喚魔法で捻《ね》じ曲げたのだ！　数百人の奴隷の寿命を使ってな！　同じことをするためには、数百人の人間の寿命を捧《ささ》げ、数時間の呪文の詠唱が必要だ！　だが、彗星は間もなくここへ落下してくる！　絶対に間に合わん！　終わりなんだよ！　おまえたちは！　はははははははははははははははははははははははははははは！」

何がそんなに可笑《おか》しいのか、狂ったように笑い続ける狂信者が。

「黙らせろ」

私は部下に命じ、蛇の教団員の口に縄をつけた。

「毎度、騒がしいやつだな」

水の国《ローゼス》の勇者が、呆《あき》れ気味の顔で頬をかいている。

「るーちゃん、なんで、わざわざ説明してくるんだろうね？　暇なのかな？」

「性格が歪《ゆが》んでるのよ、きっと。こそこそ傀儡を操って、当人は隠れてさ。きっと素顔は、見れたもんじゃないわ！」

高月マコトの女性メンバーは辛口だ。

「勇者殿、何やら勝算がある様子。……もしや、我が娘を破ったそちらの佐々木アヤ殿の戦力かな？」

私は推測を述べた。先ほどの試合で見せた能力。恐ろしいものだった。序列二位であるオルガを一撃で黙らせるとは。

「残念ながら、さーさんはさっきの戦いで疲弊しているみたいで……」

高月マコトは、やんわりと否定した。

「えっ!?　私元気だよ？」

「おい」

「むが」

高月マコトは慌てて佐々木アヤの口を塞いでいる。私の目からも、彼女が疲弊しているようには見えない。恐らく何か戦わせたくない理由があるのだろう。もしくは、何かスキルの使用に代償があるのか。

「さーさん！　いいから休んでろって！」

「アヤ、こっちに来なさい」

佐々木アヤは、仲間の赤毛のエルフに引きずられていった。まあ、私も彼女に無理強いをしたいわけではない。

「それでは、別に手段があると？」

「ええ、一応考えがあります」

高月マコトの目には、自信と余裕が見て取れた。ならば是非もない。

「では、お任せしよう。おい、勇者殿を案内しろ」

私は、高月マコトを連れてきた執行騎士に案内を命じた。やつならば、うまく勇者殿を助けつつ情報収集もこなすだろう。曲がりなりにも、過去に国家認定勇者もこなした男だ。

「では、軍の魔法使いが居る場所へ案内します。こちらへどうぞ」

水の国《ローゼス》の勇者マコトと、仲間である赤毛の魔法使い、大会優勝した女戦士が去っていった。

仲間二人は、やや不安げに水の国《ローゼス》の勇者に付き添っている。

が、勇者当人は、まるで散歩にでも行くかのような足取りだ。

（報告にあった通りだな……）

水の国《ローゼス》の勇者マコトは、危険な場所へ自分から首を突っ込む。

部下から上がってきた調査報告書に書かれていた内容だ。

「水の国《ローゼス》の勇者高月マコトは、無謀な男です」

「古竜《エンシエントドラゴン》を相手に短剣で立ち向かったと、マッカレンの冒険者から聞きました」

「木の国《スプリングローグ》では、魔王へ単身で挑んだそうです。正気とは思えません」

調査から帰ってきた部下は、口々に言った。彼の者は、危機感に欠けると。

通常、勇者は国の重要な戦力であり、対魔王戦に向けて手厚く保護しなければならない。

だが、水の国《ローゼス》の勇者は勝手に戦火へ突っ込んで行く。


――さながら、伝説の救世主アベルのように。


千年前、大魔王《イヴリース》の待ち受ける魔大陸に、たった四人で乗り込んだ古《いにしえ》の勇者アベル。

言い伝えでは、勇者アベルは誰も犠牲にしないためたった一人で、大魔王《イヴリース》に挑もうとしたそうだ。それを、初代大賢者様、聖女アンナ様、魔法弓士ジョニィ様が説得し、四人パーティーになったとか。

昨今、魔王に挑む勇者の仲間が数人などあり得ない。娘のオルガにも、上級以上の戦士、魔法使いで構成した数百人規模の特別師団を組んでいる。

近々控えている『北征計画』に向けた、火の国《グレイトキース》随一の部隊だ。

私は改めて、水の国《ローゼス》の勇者が二人の仲間を連れて散歩をするように歩いている姿を目で追った。空には、いよいよ迫ってきた巨岩が、王都に大きな影を落としている。

未《いま》だ、危機を打開する手段は見えてこない。

（……期待しよう。水の国《ローゼス》と木の国《スプリンググローグ》を救った勇者の力に）

◇高月マコトの視点◇

「こちらです、どうぞ」

執行騎士さんに案内された場所は、円形闘技場《コロシアム》の最上段。そこにずらりと魔法使いたちが並び、迫りくる彗星に魔法を撃ったり、魔道具を使ったりしている。

「あっちがいいかな」

俺はなるべく人が少ない場所を選んで向かった。間違って、巻き込んでは困る。

「ねぇ、マコト。一体どうするつもりなの……？」

空をちらちらと見ながら、ルーシーが不安そうに杖《つえ》を抱えている。

そうだ、仲間にはきちんと説明をしないと。

「ルーシー、いま俺たちの真上から降ってきてるのは何だ？」

俺は空を指さしながら言った。

「えっ？　何よ急に。見ればわかるでしょ！　超巨大な隕石《いんせき》じゃない！」

「いや、違うね。隕石じゃない、彗星《すいせい》だ」

「……何が違うの？」

勿体《もったい》ぶる時間がないので、結論を言ってしまおう。

「つまり……」

「わかった！　彗星の主成分は、氷と塵《ちり》！　だから高月くんの水魔法で何とかするんだね！」

さーさんに、バレされてしまった。先に言わんといて。

「本当に、何とかすることが可能なのですか!?　勇者殿！」

話を聞いていた執行騎士さんが、凄《すご》い勢いで詰め寄ってきた。

「ま、まあやってみないとわかりませんが」

俺の水魔法の熟練度は、２５０オーバー。

大賢者様にすら呆れられた水魔法特化の魔法使いだ。

「す、素晴らしい！」

まだ成功したわけでもないのに、えらく感動してくれている。

じゃ、いっちょやってみますかね。

俺は、腕まくりをして彗星に向かって水魔法を使おうとして、

（無理よ、マコト）

突然聞こえてきたのは、ノア様の声だった。

無理って、どうしてですか？

（彗星の周りを覆っているのは、氷だけど中心にある核は岩石よ。今降ってきている規模の彗星なら、核の大きさが数百メートル。マコトの水魔法じゃ、防げないわ）

そう言えば彗星って、中心には岩があるんだっけ？

あまり天文学には明るくない。

（それにね、マコくん）

おや、水の女神様《エイル》。お久しぶりです。

（ふふ、久しぶりね。でもよく聞いて。宇宙から召喚された彗星は、あなたたちの居る世界の外からの異物なの。だから、通常の氷よりマコくんの水魔法が伝わりづらいわ。今降ってきている規模の彗星を操ろうと思うと、とてつもない魔力《マナ》が必要よ）

憂いを帯びた声色で、エイル様が告げた。むぅ……何事も、想定通りにはいかない。

「高月《たかつき》くん？」

「マコト？」

「勇者殿……どうされましたか？」

急に動きを止めた俺に、さーさん、ルーシー、執行騎士が不安げに尋ねてきた。

「大丈夫、大丈夫」

これくらいの困難は、予想通りだ。じゃあ、『アレ』やりますよ、ノア様。

俺は、前々から考えていた秘策を行うことを、女神様に告げた。

（本気なのね……、マコト）

（マコくん、お願い。思いとどまって）

女神様、お二人からの返事は色よいものではなかった。でも他に良い方法あります？

（……………………）

返事はなかった。よし、じゃあやるか。

「ね、ねぇ。マコト……そろそろ、彗星迫ってるし。一応、空間転移《テレポート》の準備もしておくわよ」

「高月くん……、いざとなったら二人を抱えて逃げるからね？」

仲間二人をすっかり、不安にさせてしまった。

「まぁ、見てて」

俺は右手の服の袖を大きくまくった。そして、右腕に対して『変化《へんげ》』スキルをかけた。

……操作が難しい。ぶるりと、右腕の周りの空間がブレた気がした。同時に、俺の腕が青く光り始める。

「……マコト？　何をしているの？」

「それ、変化《へんげ》スキルだよね？」

「ああ、部分変化。右腕だけを」

俺は『明鏡止水』スキルを100％にして、意識を集中させる。

少しでも気を抜けば、意識を奪われる。バチバチと何かが耳元で弾《はじ》ける音がした。それが、俺の身体《からだ》から発せられている魔力《マナ》だと知って、ぞくりと悪寒が走った。

――精霊の右手

どの魔法書にも載っていなかったこの魔法を自分で名付けた。

片腕を精霊に変化させる。ただ、それだけの魔法だ。

ただし、精霊とは自然そのものであり、普段眼《め》にしている小さな精霊は、一個の生命ではない。一にして全。

水の精霊とは、つまるところこの世にある全ての水そのものと同義。

そのように、昔ノア様から教わった。だからこそ、精霊の魔力《マナ》は無限であると。

徐々に、俺の腕そのものが青い光に変化する。それは、肉体ではなく『この世の全ての水』と繋《つな》がったナニカ。無限に続く魔力《マナ》の欠片《かけら》だった。

思えば、この世界に来て最初に倒した魔物はゴブリンで、川の水を使って倒した。

大迷宮《ラビュリントス》では、水の精霊の力を借りて、忌まわしき竜と戦った。

水の国《ローゼス》の王都では、ソフィア王女の魔力《マナ》で、忌まわしき巨人を倒した。

太陽の国《ハイランド》では、水の大精霊《ウンディーネ》。

マッカレンでは、ルーシーと同調《シンクロ》して火の精霊の力を借りた。

木の国《スプリングローグ》では、ノア様に寿命を捧《ささ》げ、力を借りた。

みんなの力を借りて、何とかやってきた。

でも……そろそろ自力で勝ってみたい。

ヒントは、大賢者様の言葉だった。

強くなるには……『人間を辞める』しかないという言葉。

「そう、強くなるには人間のままじゃダメだ！」

気が付くと、無意識で声に出していた。

「俺自身が、精霊になればいい！」

俺はさーさんとルーシーに、決め顔で言った。ふっ、決まったな。

「「「…………………」」」　※さーさんとルーシーと執行騎士
（（………………））　※ノア様とエイル様
なんで、みんな黙るん？

ちょっと、気まずい空気が流れる。

………………ま、いいだろう。じゃあ、やりますか。

俺は右手を突き出し、魔力《マナ》を集中する。手がブルブル震え、安定しない。濁流に身体が吞《の》み込まれたような錯覚を覚えた。――ズキリ、と腕に痛みが走る。

（……あれ？）

眩暈《めまい》がして、視界がぶれた。これは……、魔力《マナ》酔いか？

その瞬間、稲光が走り、雷鳴が轟《とどろ》いた。空を見上げると、先ほどまでの快晴が見る影もなく、空を分厚い雲が覆っていた。

その雲の色は、どんどん暗くなっているように見える。

「この天気……、マコトがやったの？」

「高月くん、天気が変わっちゃったよ……」

ルーシーとさーさんの声が耳に届いたが、俺はただ右腕に集まる魔力《マナ》を制御するのに精いっぱいで、返事をすることができなかった。

ぽとりと、頰に何かが落ちた。水滴？

その直後、バケツをひっくり返したような土砂降りの雨が降ってきた。

「ひゃっ！」「きゃぁ」

さーさんとルーシーの悲鳴が聞こえる。

「勇者殿！　あれをっ！」

執行騎士の人が空を指さした。少しだけ視線を向けると、そこには何百匹もの水魔法・水龍が空を泳いでいた。滝のような雨の中を上るように、水龍が群れをなしている。

（……水の龍？……あれは、俺がやったのか？）

魔法が暴走している。止めないとまずい。

『明鏡止水』スキル。

雑念を捨て、ただひたすらに集中する。が、うまくいかない。おかしい……。ふと頭に浮かぶのは、数日前のノア様たちとの会話だった。

◇数日前の夢の中◇

「精霊に『変化《へんげ》』してみようと思うんですけど、いいですか？」

俺は夢の中で、ノア様と水の女神様《エイル》に考えを伝えた。

「「…………………は？」」

二柱の美しい女神様たちは、そろってぽかんと大口を開けた。

「あ、アホかぁー！」

ノア様に頭をひっぱたかれた。

「マコくんは、筋金入りのバカなの？　死にたいの？」

珍しく水の女神様《エイル》の語気が荒い。

「うーん、ダメですかね？」

俺は、頭をかいた。紅蓮《ぐれん》の魔女ロザリーさんは、精霊を身に纏《まと》うらしいが、身体能力《ステータス》の低い俺には真似《まね》できない。ならばいっそ精霊そのものに成ればいいのでは？　と思ったのだ。いい考えだと思ったんだけどなぁ。

「ダメダメ。そーいうのは、楽して力を得ようとする欲深い人間の典型よ？　そもそも精霊化するなら、人間で言う熟練度が300近くはないと……あ、あれ？」

「残念ながら、マコトの熟練度はそろそろ300に迫るわね」

「うっそ、できちゃうじゃん！」

水の女神様《エイル》がぽかんと口を開けている。

「てことは……？」

いけるのでは。

「駄目だって！　過去に身に過ぎた力を得ようとして、失敗した人間なんてごまんといるのに。マコくんが死んじゃいます！　ソフィアちゃんが泣きます！　許しません！」

水の女神様《エイル》は、あくまで反対の立場を崩さない。ノア様は、腕組みをして難しい顔をしている。俺は信仰する女神様の顔を見つめた。

「マコト、もしも『精霊』へ変化《へんげ》するなら、『明鏡止水』スキルを完璧に扱えるようにしなさい」

「ノア!?」

ノア様が、腕組みをしたまま静かに告げた。

水の女神様《エイル》が非難するような声を上げる。

「それは……『明鏡止水』スキルを１００％で扱え、という意味ですか？」

だが、『冷静』スキルや『明鏡止水』スキルのような精神安定系スキルは、最高値が99％と水の神殿で習ったんだが……。１００％なんて可能なんだろうか？

「人間は、怒り、悲しみ、喜ぶ。感情が制御できない不完全な存在。だからこそ精神安定系スキルは、最高値の99％が正しい姿。聖神族の女神教会の理念よ。表向きはね」

ノア様が静かに告げた。

「それは、……言っちゃダメでしょ」

水の女神様《エイル》が渋面だ。

「エイル様、本当は１００％も可能なんですか？」

「一応……できるわ。できるけど、本当にいいの、ノア？　精神安定系のスキルを使い過ぎると、感情が失われる危険性《リスク》があるの知ってるでしょ？」

俺の問いに、エイル様は不満げな表情だ。

「そうね。でも、感情を制御できないまま精霊に『変化《へんげ》』なんてしたら、間違いなく天災が起きるわ」

「まあ、そうよね……」

二人の女神様が、悩ましそうに目を見合わせる。

「わかりました、では先に『明鏡止水』スキルを極めますね」

俺は力強く二柱の女神様に告げた。

「できれば、思いとどまって欲しいのだけど」

「無駄よ、エイル。この子、全然言うこと聞かないもの」

「あんたの信者でしょ？　ノアの信者ってクセの強い子ばっかり」

「うっさいわね。あんたの子たちは、弱過ぎるのよ」

「いいんですー、私は平和主義だから、弱くていいんですー」

二人の女神様は、お互いの信者について言い合っている。

とりあえず、俺は褒められた？

「「褒めてない」」

褒められてなかった。悲しい。

「マコト、精霊化はよっぽどのことが起きない限りやめときなさい。多分、失敗するわ」

「そもそも、試さないで欲しいのだけど……」

二柱の女神様は、俺に忠告した。

◇

……腕の痛みが止《や》まない。天候は、ますます荒れており治まる様子がない。雨が叩《たた》きつける様に降り、至る所で水の龍が暴れている。

（……全く……制御できない）

今までどんな水魔法でも、何とかなる感覚があった。でも、今回はダメだ。まるで言うことを聞かない。ノア様とエイル様の言う通りだった。これは俺には手に余る手段だった？　ならせめて、周りに迷惑がかからないようにしないと。

（くそっ、言うことを聞け！）

一瞬、心がざわついた。…………しまった。気づいた時は手遅れだった。

『明鏡止水』スキルの１００％が外れて、次の瞬間——闇に呑まれた。

……………………………………あれ？

左右を見渡す。

何も見えない、完全な闇。

上を見上げると、小さく光が見えた。

水面のように揺れている、キラキラとした光がこちらを照らしている。

(身体《からだ》が……動かない……沈んで……)

指一本動かすことができない。天井に見える光は、ゆっくりと小さく、遠くなり、自分自身が下へ落ちていっているのだとわかった。

このままだと、マズイことになりそうなことはわかるのだが、どうにもならない。

焦りの気持ちが湧いてこない。

どうしようもない。俺の身体は深く深く、落ちていく。ダメだ、動けない。

ここまで、なのか……?


「もう！　何やってるのよ、マコトったら」

その時、俺の右手を何者かが摑《つか》んだ。

(え?)

声を上げることもできず、一気に水面の上、光の差す方へ引き戻された。目の前が真っ白になる。気が付くと、俺は元の場所、円形闘技場《コロシアム》の最上段に戻ってきていた。

だけど、おかしい。音がしない。

彗星《すいせい》に向かって魔法を撃っていた魔法使い。

彗星から逃げる人々の悲鳴と足音。

何より、土砂降りだった雨が空中に固定されてしまったように無数の水玉が浮いている。

街はそのままなのに、時が止まってしまったかのように無音の世界が広がっていた。

「まったく、ダメダメね。精霊の扱いがなっちゃいないわ」

俺のすぐ右隣から、聞き慣れた声がした。

流れるような銀髪に、深い青色の瞳。輝くような白い肌。この世のものとは思えない美しい女性が隣に立っていた。

それは夢の中でしか会えないはずの……。

「の、ノア様？」

海底神殿に居るはずのノア様だった。

（ノア！　早くして！　誤魔化せるのは一瞬だから）

頭の中から水の女神様《エイル》のとても焦った声が響く。

「はいはい、わかってるって。いつぶりかしらね、地上に来るのは」

可笑《おか》しそうにけらけらとノア様が笑っている。

その声に呼応するように、空気が震える。

俺には視《み》えなかったが、きっと風の精霊が喜んでいるんだと思った。

「あの……どうやってここに来たんですか？」

状況についていけず、俺は呆然《ぼうぜん》と尋ねた。

「エイルにお願いして、一秒の100分の1の間だけ、地上に降臨させてもらったの。私とマコトの周りの空間を歪《ゆが》めて、時間の進みを遅くしているわ。だから長居はできない」

「は、はあ……？」

さらりと、とんでもないことを言われた。時間を操る？

「ほら、マコト。あれを何とかするんでしょ？」

ノア様が、すらりとした指で前を示した。

「う、うわ……」

すでに彗星は、こちらに落下する直前まで来ている。グレイトキース城よりもはるかに巨大な塊が、すぐ近くまで迫っている。十数秒後には、ここら一帯は全て吹き飛ぶだろう。

「ノア様が、何とかしてはくれないんですか？」

「それは駄目よ。神が直接人間の運命に関与しちゃいけないの。それが神界規定」

なんか、昔そんな話を聞いた気がする。

「時間がないから講義《レクチャー》は一回よ」

そう言ってノア様が、俺の右腕にそっと触れた。

触れられた箇所が、一瞬沸騰したかのように熱を持った。

全身に不思議な震えが走った。

「いい？　マコト」

美しく透き通るような、心地よい声が耳に届く。

「精霊化するなら、制御するって考えは捨てなさい。マコトは、ただこうしたい、というイメージだけすればいい。そして優しくお願いをするの。そうね、例えば……」

ノア様は、少し考えるように顎に指をかけた。そして何か思いついた様に、空を見上げた。

「晴れて」

その瞬間、空を覆っていた分厚い雲が霧散し、再び太陽が姿を現した。

一瞬で、天候が変わった。

大気と大地、この世にある全ての物質が、喜びに震える様に大きく波打った。

まるで、世界そのものを魅了したかのように。

「どう？」

「ど、どうと言われても……」

笑顔のノア様に、俺は言葉に詰まった。

何も理解できなかった。

呪文も、魔法陣も何も必要とせず。

ただ、願っただけでその通りになった。

これが神様の奇跡《まほう》……。

（ノア！　もう限界だって！）

「ええ〜、もう？　仕方ないわね。じゃあ、マコト。頑張りなさい」

「は、はい」

ノア様は、優雅に微笑《ほほえ》むと光の中に消えた。

その瞬間、土砂降りの雨と、太陽の強い日差しが同時に訪れる。

「マコト！」

「高月《たかつき》くん！」

ルーシーとさーさんの悲鳴が聞こえる。彗星の落下まで、残り僅かだ。

「もう大丈夫」

俺は二人に声をかけ、彗星のほうへ向き直った。

ノア様の魔法は、理解できなかった。

多分、アレは人間には理解できない。理解しちゃいけない。

だけど、すぐ傍《そば》で体験できた。

俺は青く光る右腕を前に突き出し、精霊語で言った。

――××××××（水の精霊さん）

精霊とは自然そのもの。精霊に変化するということは、自分が人ではなくなるということ。

右腕一本を捧《ささ》げよう。

目の前には、壁のような彗星が迫る。悲鳴が聞こえる。

俺は『ＲＰＧプレイヤー』スキルの視点切替を使い、可能な限り上空からの視点に変えた。

王都を一望する。箱庭のような王都の街並みが見える。

そして、王都へ落下する巨大な彗星。

それを他人事《ひとごと》のように――空から地上を見る《かみさまの》ようにして眺めた。

よし、やろう。

――×××××××××（お願いだ、精霊さんたち）

俺は、初めて精霊魔法を使った時と同じように優しく呼びかける。

「××××××（あら？　また貴方《あなた》？）」

気がつくと、俺の隣に蒼《あお》い肌の美しい女性が立っていた。

水の大精霊《ウンディーネ》！

それは、太陽の国《ハイランド》で会って以来の水の大精霊《ウンディーネ》だった。

「××××××（何かご用？）」

「あれをなんとかしたい。君ならできるかな？」

俺が彗星を指差すと、「できるわ」とことも無げに言われた。

水の大精霊《ウンディーネ》が、小さく何事かを呟《つぶや》く。あの魔法は……？

――聖級水魔法・氷の絶域

王都を巨大な結界魔法が包み込んだ。

そして、小山ほどもある巨大な彗星――氷の塊が、結界によって止められた。

「「「「「「……………」」」」」」

地上にいる蟻《あり》のような人々の動きが、悲鳴が止まる。

宙に浮いた彗星は、ゆっくりと王都の隣に着地した。

着地の瞬間、大きく地面が揺れる。だが、それだけだった。
火の国《グレイトキース》を更地にするほどの巨大な彗星の落下は、何一つ壊すことなく着地した。

かくして、火の国《グレイトキース》は救われた。

八章　高月マコトは、感謝される

◇オルガ・ソール・タリスカーの視点◇

「何……なの……これ……？」

目の前の光景を、私の脳は理解できなかった。王都全体を結界が覆っている。

「「「「「うおおおおおおおおー！！！！！」」」」」

弾《はじ》けるような歓声が上がる。

「た、助かった！」「これはどういうことだ!?」「水の国《ローゼス》の勇者殿の魔法らしいぞ！」「彼は救世主か!?」

先ほどまで絶望に染まっていた火の国《グレイトキース》の軍人たちが、興奮冷めやらぬ声で話している。

王都に迫る彗星の巨大さから、その破壊力は『神級』にすら近いのでは？　という魔法使い共の見解だった。それが防がれた。あっさりと。やったのは水の国《ローゼス》の勇者である高月マコトだ。

つい先日、私がちょっかいを出し「大したことなかった」などと言ってしまった、あの水の国《ローゼス》の国家認定勇者である。

（あの時は、本気じゃなかったんだ……）

そうとしか思えない。十日やそこらで、こんなデタラメなことができるようになるはずがない。高月マコトは、私が本気で聖剣を解放した時をはるかに上回る魔力《マナ》を、涼しい顔で操っている。

私はブルリと震えた。目の前の巨大な氷の塊が、ゆっくりと転がり、王都の外に静かに置かれた。理解ができない。あんな巨大なモノをどうやって、魔法で動かせる？　どれほどの魔力《マナ》が必要なのだ？

本当に彼は人間なのか？　その時、大きく地面が揺れた。巨大な彗星《すいせい》が、ゆっくりと地面に落ちた衝撃だった。王都のすぐ隣にそれは鎮座した。

そして、高月マコトが、ばたりと倒れた。

「マコト！」

「高月くん！」

「勇者殿！」

水の国《ローゼス》の勇者の仲間や、父の部下が慌てて駆け寄っている。

「早く！　医療魔法が使えるものを！」

「勇者殿を死なせてはならん！」

火の国《グレイトキース》の者たちが慌ただしくしている。高月マコトが、担架で運ばれていった。

私は、それを見ていることしかできなかった。

——数日後。

私は自分の部屋に引き籠っていた。現在の火の国《グレイトキース》の王都は、武闘大会とその後の騒ぎの話で持ち切りだ。

一つは、新しい火の国《グレイトキース》の国家認定勇者『佐々木《さ さ き》アヤ』の話題。

彼女は、勇者を拝命した。武闘大会を圧倒的な強さで勝ち抜き、女神の勇者——私を一蹴した。デタラメな……強さだった。

私の聖剣の攻撃を無傷で撥《は》ねのけ、片手で折り曲げ、私は一撃で吹っ飛ばされた。

再戦を挑もうという気すら起きない。

現在、佐々木アヤは、火の国《グレイトキース》の新たな寵児《ちようじ》となった。

街の民たちは、彼女を祝福している。新たな強者の誕生は、火の国《グレイトキース》の民にとって喜ばしい話題なのだ。ちなみに、王都を救った高月マコトの件は民間ではあまり広まっていない。

王都を襲った、巨大な隕石《いんせき》。その脅威を救ったのは、火の国《グレイトキース》軍の戦士や魔法使いの総力を以《もつ》て、と認識されている。

そりゃそうだろう。

あんなバカげた破壊攻撃を、個人がどうにかできるはずがない。普通は、組織が対応したと判断する。避難中の民は、高月マコトの活躍を目にしていない。

が、火の国《グレイトキース》の軍人は違う。

彼らは民を避難させ、王都を救うために短時間でできる限りのことをしようとした。

そして、絶望していた。あの隕石は防げない。

それを、高月マコトが一人でやってのけたのだ。

あの時王都にいた火の国《グレイトキース》の軍人は、一人残らず水の国《ローゼス》の勇者に心酔している。

火の国《グレイトキース》の魔法使いたちは、彼への面談を希望して行列ができているんだとか。

あの巨大な彗星を止めた魔法について、聞きたくて仕方ないのだろう。

ちなみに、水の国《ローゼス》の勇者高月マコトは意識を失い、まだ目を覚まさないらしい。

命に別状はないらしいが……。

目を覚ましたら、私も謝罪に行かなければ。

将軍である私の父は、毎日水の国《ローゼス》の勇者の見舞いに行っているらしい。

もともと父様は、木の国《スプリングローグ》で魔王を倒した高月マコトを火の国《グレイトキース》に引き入れたいと考えていた。

そして今は完全に彼の信者になっている。

私の父もまた、水の国《ローゼス》の勇者の魔法に魅了されてしまった一人だった。

恐ろしい男だ。

かつて、たった四人で百万の大魔王《イヴリース》の軍勢と戦ったという救世主アベル。話が誇張されているだけだと思っていた。だが、現在の火の国《グレイトキース》の軍人たちの間で、高月マコトもまた救世主では、という話題まで上っている。あり得ないことをしたからだ。奇跡を起こすと、人はそれを崇《あが》める。ただ、私にはどうしても気になることがあった。

（……あの時の光……あの人影は……一体……）

彗星が落ちる直前、他の火の国《グレイトキース》の戦士と共に、私は彗星の軌道を逸《そ》らそうと魔力《マナ》を溜《た》めていた。

その時、突如莫大《ばくだい》な魔力《マナ》の高まりを感じた私は、円形闘技場《コロシアム》の最上段へ飛んでいった。

そこで私が見たものは、水の国《ローゼス》の勇者マコトの隣に在る神聖な姿をした何者か。

——ソレヲ、目ニシテハイケナイ

脳が、目に映るモノを見ることを拒否した。見続けては、正気が失われる。

けれども幸い、それが居たのはほんの一瞬だった。時間にして一秒に満たない、瞬《まばた》きよりも刹那。

それが消える瞬間。

――ニヤリと、その神聖な存在の口元が大きくゆがんだ。

それを直視した私は、全身に鳥肌がたち、身体《からだ》が硬直し、声すら発することができなくなった。見てはいけないものを見てしまった。そんな気がしてならない。

早く記憶から消してしまいたいのに、忘れられない。

そして、あんなものの隣に居て平気な顔をしている水の国《ローゼス》の勇者が改めて恐ろしかった。

(なんだったの……あれは……)

わからない。只々《ただただ》恐ろしい。思い出すだけで身体の震えが止まらなかった。その時。

――ガチャリ、とドアが開いた。

「オルガ、今いい?」

「ノックくらいしなさいよ」

入ってきたのは幼馴染《おさなじみ》のダリアだった。私が守護騎士を務める火の巫女《みこ》だ。

「参ったわ、水の国《ローゼス》の勇者にちょっかいを出したのを、国王陛下にこってり絞られたの」

はぁ〜、とため息をつきながら私の部屋にあるベッドに腰かけた。そのまま、ぱたんと後ろに倒れ、私のベッドに寝転がった。

「仕方ないわよ。私も父様にさんざん叱られたし」

私は答えた。自業自得ではあるが、気分が重い。

そして、恥ずかしい。

十数日前に、高月《たかつき》マコトと佐々木アヤを相手に粋がっていた私を、殴って止めたい。

天井を見上げながら、そんなことを考えていると、ダリアが呟《つぶや》いた。

「あいつ……高月マコトは『邪神の使徒』らしいわ」

「え？」

ダリアの言葉に、私は思わず振り返った。

「じゃしん？」

「そ、かつての神界戦争《ティタノマキア》で負けた古い神々。その古い女神を信仰しているんですって」

その時、私の脳裏に浮かんだのは先日見たあの神聖な人影だ。神聖だが、私には受け付けられなかったもの。人外の存在。

古き神。

邪神。

ティターン神族。

呼び名は様々だが、現在の女神教会においては敵視される存在だ。

当然、その信者も邪悪なものとして扱われている。

「それは……陛下に言ったの？」

邪神の使徒。それは、千年前の戦いで多くの勇者を葬った忌まわしき存在。

最後は、救世主アベルによって滅ぼされた狂戦士。

女神教会では、未《いま》だに禁忌として扱われている。

一般人にとっては、蛇の教団ほど悪名の知られた存在ではないが、決して無視していいものでもない。

「陛下にも言ったけど……その前に火の女神様《ソール》に言われちゃったの。今回の『邪神の使徒』は、役に立つからほっとけって。あと、水の女神様《エイル》が見張ってるから大丈夫だって」

「そ、それでいいの？」

私は、戸惑った。

ただ……、多くの人が高月マコトと佐々木アヤを讃《たた》える中で、今さら彼らと敵対しろと言われても困るのも確かだ。火の女神様《ソール》が手を出すなと言う。ならば従うしかない。

「喧嘩《けんか》売る相手間違ったね」

「うん、間違ってた」

私たちは、顔を見合わせもう一度ため息をついた。

◇高月マコトの視点◇

目が覚めた。

見知らぬ天井。硬いベッド。薄いシーツ。白い部屋。

そこは病室だった。ちょっと水の神殿に似てる。

「ん？」

右腕に違和感を持った。正確には、右腕に何も感じなかった。

（右腕の感覚が……ない？）

自分の腕に目を向けると、包帯がぐるぐる巻きにしてある。動かそうとして……動かなかった。え？　嘘《うそ》だろ。まじか。

「マコト！　目が覚めたのね！」

ルーシーが駆け寄ってくる。その後ろにフリアエさんの姿が見えた。

「さっきまで王女様と戦士さんが待ってたわよ。半日、看病したから私たちは入れ替わったところ」

フリアエさんの説明を聞くに、ソフィア王女とさーさんがさっきまで看病してくれていたらしい。あとで、御礼《おれい》を言っておかないと。

「俺はどれくらい寝てた？」

「四日よ」

「四日!?」

ルーシーの答えに驚く。そんなに俺は気を失っていたのか……。

精霊への『変化《へんげ》』スキル。やはりおいそれと使ってはいけない技だったようだ。

俺は再び、動かなくなった右腕を見つめた。そこにフリアエさんが近づいてきた。

「私の騎士……その腕、一生治らないかもしれないわ。」

フリアエさんが、沈んだ表情で告げてきた。

「そっか……」

俺は包帯でガチガチに固められた腕を見た。

その腕は、包帯越しにも魔力《マナ》があふれ出しているのが判《わか》る。

うっすら発光もしている。本当に俺の腕か？　というほどの魔力《マナ》だ。

（うーん、もしかしたらアレで動かないかな？）

俺は、筋力でなく魔法力で腕が動かせないか試してみた。今回、右腕を水の精霊に『変《へん》化《げ》』した。その後遺症で、腕が動かなくなった。

が、魔力《マナ》は腕に残っている。水魔法の『水操作』で、動いたりしないだろうか？

「私の騎士……、あなたはよくやったわ」

俺が腕の方を見つめて、水魔法で動かないか試しているのを、フリアエさんが憐《あわ》れんだ目で近づいてきた。

「その腕は『呪い』に近い症状なの……でも、私ですら解けないほどの呪い……だから」

──むにゅ

フリアエさんの言葉の途中、右手に感覚はなかったが、何か柔らかいものを触った気がした。右手が動いていた。

俺の右手が触っているのは、フ、フリアエ、さ、さんの胸、だった。

どうやら俺の右手が、フリアエさんの胸を鷲《わし》づかみにしているらしい。

手の感覚がないので、残念ながらその感触を確認することはできなかった。

「いやぁ、ゴメンゴメン、ひめ……」

腕を動かすのに失敗しちゃって、と言葉を続けることはできなかった。

「なにすんのよっ！」

鬼の形相をしたフリアエさんが、俺の側頭部に綺麗《きれい》な回し蹴りを放った。

「ま、マコト！」

ルーシーが慌てて駆け寄って、俺を起こしてくれた。

「痛てて……」

と言ったが、そこまで痛くない。一応、怪我人《けがにん》ということで加減してくれたらしい。

さっき回し蹴りをくらった時にフリアエさんの下着が見えたが、それを言うと今度こそ

本気の蹴りが飛んでくる気がする。

だから、言わない！　俺は失敗を学習するからね。

「もうー、胸が触りたいなら私のにしておきなさいって」

呆《あき》れた口調でルーシーが胸を背中に押し付けてくる。背中は普通に感触が伝わるんだが……。ルーシーの表情を見るに、からかってきているのだろう。

しかし、さっきは右手で触ったから何にも感覚なかったんだよなぁ。何もしないのも癪《しゃく》だ。

「まあ、ルーシーがそう言うなら」

俺は動く左手で、ルーシーの胸に手を乗せた。そのまま柔らかい感触を楽しむ。

「へっ!?」

顔を真っ赤にしたルーシーが慌てて身をよじる。そして、自分の身体を抱きしめてこちらを上目遣いで睨《にら》んだ。

「ど、どうしちゃったの？　こんな時、いつものマコトならクールぶって触ってこないのに！」

付き合いが長いだけあって、ルーシーは俺のことがわかっている。昔の俺なら『明鏡止水』スキルを使って、冷静なふりをするので精いっぱいだった。

しかしここ最近は生死をさまようことが多かった。最近の俺は、本能に忠実なのだ。

俺はニヤリとしながらルーシーに告げた。

「いつまでも昔の俺と思うなよ、ルーシー。俺は日々成長している」

「女の胸を触ってそんなドヤ顔されても……」

盛大にため息を吐《つ》かれた。フリアエさんは「阿呆《あほう》ばっかりだわ」と言って黒猫《ツイ》を連れて、病室を出て行った。

部屋は俺とルーシーの二人きりとなった。ルーシーが、何か言いたげに俺に身体を寄せてくる。顔が近づき、耳元で囁《ささや》かれた。

「……まあ、そーいうことなら好きなだけ触っていいわよ」

「え？」

ルーシーが形のいい胸を突き出してくる。おいおい……。

「ほら、どうしたのよ？　王都を救った英雄なんだから、堂々と女の一人や二人、好きに抱きなさいよ」

「くっ！」

予想外だ。ここまで積極的に攻めてくるとは！　やはりロザリーさんの血筋か。が、流石《さすが》に恥ずかしいのか、顔はずっと真っ赤だ。

（どうするべきか？）

俺が迷っていると、ふわりと空中に文字が浮かんだ。

『ガンガンいこうぜ』

はい

『RPGプレイヤー』スキルさん？　選択肢が一つしかないですよ？

病室には二人きり。女《ルーシー》に恥をかかせるなということだろうか。

「じゃあ、遠慮なく」

「ん」

俺はルーシーの身体《からだ》に手を伸ばした。ルーシーが身体を寄せてきて……。

「高月くん？」

すぐ真横に、さーさんが立っていた！　い、いつの間に。

「何やってるの？　るーちゃん」

さーさんの淡々とした口調が怖い。が、ルーシーはあまり慌てていない。

「マコトが目が覚めて欲求不満だったのか、フーリの胸を触って怒られてたのよ。だから、私で我慢しなさいって言ったの」

「へ!?　へえええええ！　高月くんが!?　ふーちゃんの胸を!?　どうしちゃったの！」

さーさんが目を丸くする。

「ほら、マコト。アヤのも触りなさい」

「るーちゃん!?」

「おい、ルーシー!?」

こいつ無茶苦茶言うな。

「アヤったら、折角『ラミア女王《クイーン》』に進化したのに胸が大きくならなかったって気にしてたの。マコトが協力すればいいでしょ」

「るーちゃん！　それ、言っちゃダメなやつ！」

ルーシーの言葉に、慌ててさーさんがルーシーの口を塞いでいる。

俺はその言葉を聞いて、さーさんの身体を眺めた。さーさんの体形は、高校一年からあんまり変わっていない。正確には、ラミアが正体なのだが、胸の大きさはラミアでもあまり変わらなかった。

本来、ラミア族はグラマラスな体形が多いらしいのだが……。

さーさんは『変化《へんげ》』スキル持ちなので、好きな姿になれる。が『変化《へんげ》』で水増しするのは、プライドが許さないんだそうだ。そのため、人間形態でもさーさんの胸は慎《つつ》ましやかだ。

「高月《たかつき》くん、……何見てるの?」

さーさんが、じっとこっちを見てきた。

「大丈夫、俺は（小さくても）好きだよ！」

ぐっと、親指を立てて明るく伝えた。

「「……」」

ルーシーとさーさんが、変な顔をしてこっちを見ている。

「マコト、変よね？」

「高月くんは、もともと変だけどね」

「失礼な」

ルーシーとさーさんの言葉に、異を唱えた。

「まあ、いっか。高月くんに、好きって言ってもらえたし」

そう言ってさーさんが、俺の寝ているベッドに上がり込んできた。

「あ、ちょっと、ずるい」

ルーシーまで、入ってきた!?　流石に三人は狭い。そんな感じで。

三人で、わいわい騒いでいると。

「……勇者マコト？」

氷のように冷たい声と表情。そして、極寒の冷気を発しているソフィア王女が微笑《ほほえ》んでいた。

「楽しそうですね、勇者マコト」

ベッドの上には、さーさんとルーシーが乗っかっている。ソフィア王女が、屠殺《とさつ》前の豚を見る目で俺を見下ろしていた。いや、言い過ぎた。そこまで、冷たい眼《め》ではない。

これは呆れた目だ。

「勇者殿、目覚められましたか」

ソフィア王女の後ろから現れたのは、タリスカー将軍だった。火の国《グレイトキース》を代表して御礼《おれい》を言いたいとのことだった。そういえば、精霊魔法を使って俺は気絶しちゃったけど、王都は無事だったのだろうか？

ちなみに、さーさんとルーシーはソフィア王女と目を合わせると、その後二人で顔を見合わせ、シュバっと、窓から外へ出て行った。

ここ三階なんだけど……（さーさんが、ルーシーを抱えて飛んでいった）。自由人どもめ。

「勇者殿、この度の火の国《グレイトキース》に対する尽力、感謝の念に堪えません。さらに、あなたの仲間である佐々木《ささき》アヤ殿は新たなグレイトキースの国家認定勇者へとなられた。今後は、火の国《グレイトキース》と水の国《ローゼス》で、互いに手を取り合い……」

タリスカー将軍から、感謝の言葉を長々と述べられた。

（話が終わらない……）

俺は適当に話を聞き流した。要約すると――、今まで火の国《グレイトキース》と水の国《ローゼス》は、国力の差から水の国《ローゼス》の立場が弱かった。水の国《ローゼス》には、強い軍隊がないし、国同士の条約ではいつも不平等だったんだとか。

それを見直し、今後は隣国として対等に協力していこうという話だった。ついでに、勇者同士も仲良くしていきましょうね。

最後にうちの娘がご迷惑おかけしました、ごめんない、という内容だった。

……という理解なのだが、将軍の言い回しは婉曲《えんきょく》で、異世界の小難しい単語が多くよくわからない箇所もあった。あとでソフィア王女に教えてもらおう。

「勇者マコト殿。何か望みがあれば、なんなりと」

タリスカー将軍が真剣な声で問うてきた。これが本題らしい。

ちらりとソフィア王女を見ると「任せます」とでも言いたげな顔だ。

ま、ダメなら止めて来るだろ。ものは試しで、俺はお願いをしてみることにした。

「将軍、一つお願いがあります」

「ほう、それは？」

俺の言葉に、タリスカー将軍の目がきらりと光る。

「俺と同じ異世界からやってきた友人が、奴隷になっています。できれば彼女を解放したいのですが……」

クラスメイトの河北《かわきた》さんが奴隷になっており、火の国《グレイトキース》の有力貴族に買われる予定で手が出せないことを伝えた。が、それを言った時のタリスカー将軍は怪訝《けげん》な顔をした。

「……その件は確か」

「将軍、私からお話しします。勇者マコト、あなたの友人である河北ケイコさんはすでに解放されています」

「え？」

話を聞いたところ。発端は、武闘大会で折れてしまった聖剣バルムンクの話に遡る。

さーさんが、グレイトキースの宝剣をぶっ壊した。が、そこは武人の国。

勇者オルガが自分で言い出した決闘の結果なので、自己責任ということになったらしい。

しかし、問題は残る。復活する大魔王《イヴリース》との決戦が控えているのに、切り札である聖剣が使えなくては話にならない。至急、修繕をする必要があるのだが聖剣クラスになると並みの鍛冶職人では直せない。『聖級』の鍛冶職人が必要である。

だが、『聖級』の鍛冶職人は大陸でも数えるほどしかいない。

皆、多くの顧客を抱えており数年先までスケジュールが埋まっている。

『聖級』鍛冶師は職人気質《かたぎ》の塊のような者たちで、多額の依頼金を積んでも簡単に首を縦に振らない。依頼主が、大国である火の国《グレイトキース》でもだ。

下手をすると、大魔王《イヴリース》の決戦に勇者オルガが参加できないぞ、と青くなっていた火の国《グレイトキース》の首脳陣。そこに登場したのが、ふじやんだ。商人として様々な人脈があるふじやんは、大陸一と呼ばれる『聖級』の鍛冶職人のスケジュールを押さえ、最優先で聖剣バルムンクの修理を行う手配をしたらしい。

聖剣の修理には、貴重な魔石、魔法素材が必要だったようだが、全てふじやんが準備したんだとか。火の国《グレイトキース》は、その働きに大いに感謝し、できる限りの望みを叶《かな》えると伝えたところ、ふじやんは友人の解放を願った。晴れて、河北さんは自由の身になった。

それが、俺が目覚める前の話らしい。

（さーさんもだけど、ふじやんもたいがいだよなぁ）

クラスメイトの解放と、折れた聖剣の話。懸念だったことが、一気に片付いていた。

仲間のさーさんがぶっ壊して、友人のふじやんが直すという少々マッチポンプ感もあるけど。あとでふじやんにお礼を言っておこう。

「じゃあ、何もないですね」

心配事はなくなった。

「……むぅ、しかし」

が、タリスカー将軍は気が済まないらしい。

「火の国《グレイトキース》で、一番の美女を用意させますが」

「え？」

将軍が変なこと言い出したぞ。

「タリスカー将軍。勇者マコトが困っています」

タリスカー将軍の言葉に、ソフィア王女がチクリと口を挟む。

「お望みであれば、うちの娘でもよろしいですぞ」

タリスカー将軍の娘って……あの好戦的なオルガさんじゃないですか。

「……ありがたいお話ですが、身に余るので」

多分、冗談だと思うけど、念のためやんわり断っておいた。その後も将軍は、悩んでいるようだったが特にアイディアは浮かばなかったらしい。

「……では、何か困り事があればいつでも力になりましょう」

そう言ってタリスカー将軍は去っていった。部屋に残されたのは、俺とソフィア王女だけになった。

「随分、将軍の信頼を得ましたね」

ソフィア王女が俺のベッドに腰かけながら、からかうような視線を向けた。

「なんか、やけに優しかったですね」

前に話した時は、こちらの腹を探るような会話ばかりだった。

「それだけのことをしたのですよ、あなたは」

そう言って包帯が何重にも巻かれた右腕に、ソフィア王女が触れた。

触れた感覚は……ない。ソフィア王女の顔が悲しそうに俯《うつむ》いた。

「この腕、もう動かないのですよね？　フーリさんから聞きました」

ん？　それは間違ってるぞ。

「動きますよ？」

「え？」

さっきフリアエさんにセクハラしたような事故がないよう、注意して右腕を動かす。

得意の水魔法だけど、自分の腕を魔法で動かすという感覚にまだ慣れない。

なんか、ゾンビのような動きになってしまった。俺の右腕がふらふらと動き、ソフィア王女の頭に乗った。げ、やばい。慌てて動かそうとするが、焦って上手《うま》く動かない。

結果、王女の頭を撫《な》でるという非常に失礼な状態になってしまった。ソフィア王女はというと、俺の手を払いもせず、きょとんとしてされるがままになっている。

「頭を撫でられるなど、久しぶりですね」

「あの、すいません。まだ上手く動かせなくて」

俺は左手で、右手を摑《つか》んでソフィア王女の頭から下ろした。最初からこうすべきだった。

「もう少しお休みなさい。病み上がりでしょう」

俺はソフィア王女に促され、ベッドに横たわった。

まだ、身体《からだ》に疲れが残っていたのかもしれない。横になると睡魔が襲ってきた。意識が飛ぶ直前、頭を撫でられた気がした。

◇

夢を見た。どこまでも続く広い空間。いつもの夢だ。そこには、美しい二柱の女神様が居る。……山のように積まれた書類に囲まれて。

「ノア様？　エイル様？」

難しい表情で、書類にサインをしている水の女神様《エイル》。頬杖《ほおづえ》をついて、サラサラと何かを書き込んでいるノア様。どうにも話しかけづらい状況だが、俺がここに居るということは何か話があるんだろう。

「あら、マコト。よかったわね、火の国《グレイトキース》の危機を救って、クラスメイトも解放できて」

ノア様は、こちらに笑顔を向けた。

「コラー！　ノア！　手を止めない！　まだ書類は何千枚も残ってるのよ！」

「水の女神様《エイル》、この書類の山は一体何なんです？」

こんなに立て込んでいる様子は初めて見る。

「何って、ノアを地上に送り込んだ時の調整のための書類よ！　あんな無茶やるから、辻褄《つじつま》合わせが大変なんだから！　地上を監視《パトロール》している天使たちを誤魔化さないといけないの！」

「な、なるほど……」

　俺のせいだった。精霊への『変化《へんげ》』に失敗した俺を、助けてくれたノア様。本来、海底神殿に囚《とら》われているノア様が、一瞬だけ来てくれた。それを手配してくれたのは、水の女神様だ。

「まあまあ、エイル《エイル》。ちょっと、休憩しましょうよ。ほら、ここにハーゲ○ダッツがあるわよ」

「普通に地球産の商品があるんだなぁ……」

　ノア様ってちょくちょく、地球産の物を持ってるよな。どこで仕入れるんだろう。

「アマ○ンか楽○よ？」

　通販!?　届くの？

「私、クッキー&クリームね！　それ以外認めないから」

「じゃあ、私はマカデミアナッツで。マコトはバニラね」

「……は、はい。ありがとうございます」

　久しぶりに食べたハーゲ○ダッツは格別に美味《うま》かった。

「ノア様、エイル様。この度は助けていただき、ありがとうございました」

　アイスを食べたあと。俺は改めて二人にお礼を言った。

「いーのいーの、私は久しぶりに地上に出れて楽しかったし」

「あのねぇ、あんたを外に出すのがどれだけ大変か……ん？」

にこやかなノア様と、少しお疲れな水の女神様《エイル》。その水の女神様《エイル》が、何かに気付いた様にぎょっとした表情を見せた。

「待って！　マコくん。その腕を見せて」

水の女神様《エイル》がこちらにやってきて俺の右腕を摑んだ。普段と違う、鋭い詰問するような口調。視線は鋭く、その先には俺の包帯で何重にも巻かれた右腕があった。

——外れろ

水の女神様《エイル》の言葉に、包帯が一瞬で解かれる。むき出しの右腕は、青く発光していた。病室でもこっそり見たけど……これは人前では晒《さら》せないな。

「……」

水の女神様《エイル》は何も言わない。俺の傍《そば》にやってきて、右腕を強く摑み、一点を睨《にら》んだ。

「ノア、これはどういうこと？」

水の女神様《エイル》が俺の腕を持ち上げ、ノア様に見せてきたのは、青く変色した俺の腕。肘の上あたりにある、小さなアザだった。青い腕の中で、そこだけ赤く光っている。

「ああ、それは私がマコトに触れちゃった場所ね」

「……そういえば」

彗星《すいせい》が落ちる直前。ノア様に、右腕を掴まれた。一瞬、熱を持ったように熱くなって、その時右腕の痛みが引いたような記憶がある。

「ノア……あんた、マコくんに『神気』を与えたわね」

「あら、困ったわね。うっかりマコトに移っちゃったみたい」

その言葉に、水の女神様《エイル》はつかつかとノア様の傍に寄り、その胸倉を掴み上げた。

「これが狙いだったの？」

普段は優しい水の女神様《エイル》からは、考えられないくらいの怒気を含んだ声。

「まあまあ、エイル落ち着きなさいって」

ノア様は曖昧な笑みを浮かべるだけだ。

「答えなさい！　人間に『加護』以外で、力を与えるのは神界規定の重大な違反行為よ。何をしたかわかってるの？」

「え、エイル様？　落ち着いて」

ただならぬ様子に戸惑ったが、止めようと近づいた。その水の女神様《エイル》が、こちらを鋭い目で見て告げた。

「マコくん。あなたの腕が精霊化から治らないのも、腕を上手く動かせないのも、全部ノアの『神気』のせいよ。マコくんの腕に在るアザは、言ってみれば『神の呪い』。信者であるあなたを通して、ノアは地上への干渉権を得た……」

「神の呪い……」

フリアエさんが「俺の腕が呪われてる」ってことを言ってたけどそういうことだったのか。

「そんなものを持っていると『聖神族《わたしたち》』も、マコくんを放置できない。規則に厳しい太陽の女神《アルテナ》姉様に見つかれば、マコくんは消されるかもしれない。火の国《グレイトキース》を救ったから、ただちにそんなことにはならないと思うけど……。ノア、一体どういうつもり？」

「ノア様？」

俺は説明をもとめ、信仰する女神様を見た。その顔はいつも通りの笑顔で。いつも通り美しかった。

「次にマコトが精霊への『変化』に失敗した時の保険よ。毎回、地上に出向くわけにはいかないから。私の『神気』を与えれば、私が直接精霊を操れるわ」

「なるほど」

精霊への『変化』は、リスクが高かった。保険ということであれば、特に問題ないのでは？

「マコくん……操られるのは精霊だけじゃないの。その時、マコくんもノアの意のままに操作されるわ。それでもいいの？　しかも、『聖神族』『悪神族』どちらにも目を付けられる。正直、人間であるマコくんにとっては割に合わないわよ」

（うーん……）

水の女神様《エイル》の言葉には、俺の身を案じる響きがあった。俺は二柱の女神様を見比べ、ノア様と目が合った。数秒、見つめ合う。

「マコト、私を信じてる？」

「ノア様、当たり前じゃないですか」

「じゃあ、信じなさい。悪いようにはしないわ」

「わかりました」

解決した。

「ちょっと、ちょっと、ちょっと！」

水の女神様《エイル》が、慌てた風に俺とノア様の間に割り込んだ。

「「何か問題が？」」

「問題だらけよ！」

水の女神様《エイル》が、キーと頭を掻《か》きむしった。

「マコくん！　それでいいの!?」

「まあ、ノア様が何か企《たくら》んでいるのはいつも通りですし」

最初からだ。どのみち助けてもらっているんだから、文句はない。今回はあのままだと全員隕石《いんせき》に吹き飛ばされてたし。

「大体エイルが細か過ぎるのよ。いくら私が『神気』を与えても、今の私は海底神殿で力を封印されてるんだから、何にもできないって」

「うーん～……」

水《エイル》の女神様は、不満げに俺たちを見比べ。最後に、はぁー、と大きくため息をついた。

「今はまだ、平和だからいいけど……大魔王《イヴリース》が復活したら不穏分子として狙われるかもしれないわよ」

「大魔王《イヴリース》の復活、そろそろなんですか？」

「んー、運命《イラ》の女神ちゃんの話だと、いつ目覚めてもおかしくないみたい」

「あと数か月後じゃないかしら。にしても、書類仕事《これ》全然終わんないわね」

「誰のせいよ！」

女神様たちは、作業に戻った。どうやら『神気』の件は、保留になったらしい。

そろそろ出て行ったほうがよさそうだ、と思ったら景色がぼやけた。

◇

再び病室で目を覚ました。外は暗い。時計がないので時間がわからないが、深夜だろうか。

起き上ろうとして、右手が動かなかった。仕方なく左手で支えて、身体《からだ》を起こす。

右腕には包帯がぐるぐる巻かれており、筋力では動かない。夢の話を思い起こした。

どうやら、精霊の魔力《マナ》に加えて、女神様《ノア》の神気までこの右腕に秘められているらしい。

古い神族であるノア様の神気。ノア様は世間一般では、邪神と呼ばれている。

つまり邪神のチカラだ。俺はそれを使いこなさないといけないわけだ。

（……これは、もしやあのセリフの出番では？）

俺は魔が差した。周りを見渡す。病室には誰も居ない。よし。

「……鎮まれ……俺の右腕よ」

「どうしたの？　高月《たかつき》くん？」

「さーさん!?」

居たんかい！　近くで俺の様子を看《み》てくれていたらしい。でも、気配消さないで！

「な、何でもないよ？」

俺は『明鏡止水』スキルを使って冷静を装った。

が、さーさんはこちらを見てニヤァと目を細めた。

「……鎮まれ……俺の右腕よ……ぷぷっ」

この野郎！　全部見てたな！

「今すぐ忘れるんだ！」

俺はさーさんに摑《つか》みかかった。

「きゃー！」

笑いながらさーさんは、するりと避けた。それからしばらく、さーさんにからかわれた。

◇

「元一年A組の再会に」「「「乾杯」」」

俺、ふじやん、さーさん、河北《かわきた》さんの四人は火の国《グレイトキース》の王都ガムランの酒場にやってきた。

河北さんが奴隷から解放されたので、元クラスメイトでお祝いをしようとさーさんが言ったのだ。勿論《もちろん》、俺もふじやんも異論はない。

「ありがとう、みんな。結局、助けてもらっちゃったわね」

河北さんは少し照れ臭そうに笑った。

「よかったよー、ケイコちゃんー！」

さーさんが河北さんに抱きついている。

しばらく女子トークをしていたが、河北さんが、ふと気づいたようにこっちを向いた。

「高月がこの国の偉いやつに掛け合ってくれたんだっけ？　ありがとね」

「俺が将軍と話した時は、とっくに河北さんは解放されてたよ。ふじやんとさーさんの手柄だよ」

俺は苦笑しつつ、頬をかいた。

「でも、高月ってクラスじゃ全然話したことなかったじゃない。ミチオは昔から知ってるし、アヤは友達だからわかるけど。高月って、いいやつね」

そう言って笑顔を見せる河北さんは可愛《かわい》かった。クラスの時はギャルっぽくて口調がきつくて、ちょっと怖かったけど。話してみると案外いい子なんだなって。

「いやぁ、しかし助かりましたぞ。佐々木《ささき》殿が火の国《グレイトキース》の聖剣バルムンクを壊してくれたおかげで、火の国《グレイトキース》に恩を売ることができましたからな」

「聖剣を直すほうが、大変だと思うけどね」

「はっはっは！　偶然、拙者の知り合いの知り合いが『聖級』の鍛冶師と親しい人物でしたからな。運が良かったですぞ」

ふじやんは、からからと笑っている。

が、俺は知ってる。

ふじやんに、何か無茶なお願いをしても『それなら、拙者の知り合いの知り合いが……』って言って大抵解決しちゃうんだよなぁ。人脈が広過ぎる！

それから、しばらくはこの世界に来ての苦労話や、前の世界の話題で盛り上がった。

河北さんとさーさんは、異世界は甘いモノが少ないという不満で盛り上がっている。

そういえばノア様のところでもらったアイスは、久しぶりに美味《おい》しかったなぁ。

ちなみに火の国《グレイトキース》の料理は、辛い物が多い。

酒場の料理も香辛料をたっぷり効かせた串焼きや、唐辛子の効いたスープが名物だった。

俺は結構好きである。

美味《うま》い食事をして、お酒を飲んで、だいぶ、みんなの酔いが回ってきた頃だろうか。

「ねえ、ミチオ。あんたって恋人は居るの？」

そんな会話が聞こえてきた。河北さんは酔ったのか、ふじやんにしな垂れかかっている。

いや、あれは酔ってるというより、誘っているような……。

（おや？）

俺とさーさんは顔を見合わせた。

ついでにニナさんが居ないか周りを見渡した。居なかった。

「……えーと、ですな。それはなんと申しますか……」

彼女は居ないね。妻が二人居るけど。

何事も快活に話すふじやんが、もごもごと口を濁している。

河北さんはその様子に気付かないようで、熱のこもった目でふじやんを見つめている。

「あのね……私強がってたけど、本当は知らない貴族に買われるのが怖くて……。本当に感謝してるし、それに今はミチオも水の国《ローゼス》の貴族なんだよね……？　私いま、行くあてがないから……」

「も、勿論、河北殿が気の済むまでいつまででも、居てくれて構いませんぞ。客人として歓迎いたしますから！」

「もぉー、そーいうことじゃなくて……。あと、昔みたいにケイって呼んでよ」

（あー）

これはいけませんねぇ。ふじやん（既婚者）がガチに口説かれている。

ふじやんは目が泳いでいる。ここは親友として助けねば！　と思っていたら。

「ケイコちゃん、ケイコちゃん」

さーさんが先に動いた。

河北さんの耳元に口を持ってきて、小声で話した。

俺は『聞き耳』スキルをそっと発動した。別に聞かなくてもいいんだけど。

「藤原《ふじわら》くんって、もうお嫁さんが二人も居るんだよ」

「………………え？」

あ、河北さんが固まってる。

うん、そうだよね。狙ってた男に嫁が二人も居るって知ったら、そうなるよね。

ふじやん、言ってなかったのかぁ。

ちらっと親友の顔を見ると、非常に気まずそうにしていた。

だよねー。

「へ、へぇ……！　そ、そうなんだー！　なんだー、そっかぁ！」

河北さんの顔は、真っ赤だ。若干、涙目だ。可哀《かわい》そうに……。

「高月、何よその目は！」

「何でもないっす！」

怒られた。怖っ！　昔の河北さんだ。

「アヤ！　今日は朝まで飲むわよ！　付き合って！」

「え？　う、うん！　付き合うよ！」

河北さんが、恥ずかしさを紛らわすように麦酒《エール》を一気に飲み干している。

さーさんもそれに合わせて、葡萄酒《ワイン》をごくごく飲んでいる。

さーさん、葡萄酒《ワイン》と麦酒《エール》はアルコール度数が全然違うよ？

女性二人は酒豪のごとく、次々にグラスを空けている。

俺はふじやんと一緒に、すみっこでちびちびとグラスを傾けた。

河北さんの言う通り、宴会は朝まで続いた。

最後の方は、あまり記憶にない。だけど、学生時代に戻ったような気がしてとても楽しかった。

——こうして、火の国《グレイトキース》の冒険は終わった。

エピローグ　勇者のお仕事

「『古竜《エンシェントドラゴン》の討伐依頼？』」

俺とさーさんは声を揃《そろ》えて尋ねた。そろそろ火の国《グレイトキース》を去ろうかなという時、火の国《グレイトキース》から使者がやってきた。その使者からの依頼である。

「危険な仕事とは理解しておりますが、勇者となられた佐々木アヤ様に我が国に巣食う古竜《エンシェントドラゴン》を討伐していただきたく……」

「それは俺たちじゃなければいけないのですか？」

俺は尋ねた。火の国《グレイトキース》は軍事国家。歴戦の猛者は大勢居る。何ゆえ新人勇者であるさーさんが対応する必要があるのか。

「実は砂竜《サンドドラゴン》が全滅したことによって、火の国《グレイトキース》の砂漠の生態系が変わってしまいこれまでおとなしかった古竜《エンシェントドラゴン》が活動的になったのです」

「『…………』」

俺とさーさんは顔を見合わせた。砂竜《サンドドラゴン》とは、火の国《グレイトキース》の砂漠地域を住処《すみか》にしていた災害指定の竜の一種である。ちなみに、砂竜《サンドドラゴン》を全滅させたのはさーさんだ。

「古竜《エンシェントドラゴン》相手となれば勇者クラスでなければ対処できず、本来なら灼熱《オルガ》の勇者様に依頼をするところなのですが、先日とある事故により聖剣バルムンクが壊れてしまい……」

「…………」

さーさんが、すっと気まずそうに顔を逸《そ》らす。使者の男は、事故の詳細をぼかしているが火の国の聖剣《グレイトキース》をぶっ壊したのは、間違いなくさーさんである。使者の男もその辺は勿論わかっているのだろう。

「あぁ！　灼熱の勇者様《オルガ》が役に立たない今、古竜《エンシエントドラゴン》を相手にどうすればいいのか！」

使者の人がいかにも大げさに嘆く。おまえ、絶対これ演技だろ？　あと、自国の勇者を役に立たないとか言ってもいいのかい？

「わ、私が討伐に行きますぅ～……」

根負けしたさーさんが、自分から申し出た。まぁ、困っているのは本当みたいだし、今回の事象は俺たちにも原因がある。仕方がない。

「本当ですか!?　アヤ様！　ありがとうございます!!　報酬は十分なものを用意させていただきますので！」

使者は大喜びしながら、帰っていった。

くっ！　上手《うま》く乗せられた気分だ。が、引き受けたからにはやるしかない。

俺たちは古竜《エンシエントドラゴン》退治の冒険に出かけることとなった。

◇

「あー！　暑いわね！　一体、いつになったら着くのよ！」

フリアエさんが胸元を大きくはだけ、手でパタパタしている。

現在の俺たちは古竜《エンシエントドラゴン》が出没しているという地域に向かって移動中だ。ちなみに、移動にはダチョウを三倍くらい大きくした巨鳥に荷台を引っ張ってもらっている。砂漠を移動するには、一番速い方法らしい。

「姫、はしたないよ」

胸元を見せ過ぎているフリアエさんに俺が注意すると、じろりと睨《にら》まれた。

「私の騎士、先にあっちを注意しなさいよ」

フリアエさんの指差す先には、荷台にばたんと倒れているルーシーがいた。上着は胸の辺りで縛ってお腹《なか》が露《あら》わになっていて、スカートも腰で巻いて超ミニスカートになっている。下着が見えるか見えないか、ぎりぎり……俺の位置からだと見えている。

「ルーシー、大丈夫か？」

「マコト……もう……マジ無理……」

一応口は利けるらしい。さーさんがルーシーを団扇《うちわ》で扇《あお》いでいる。俺は馬車に積んである大きな水瓶《みずがめ》に手を突っ込んだ。

「水の精霊」

　俺は水魔法を使って、荷台の中を冷気で満たした。

「あら？　涼しくなったわね」

「マコトぉ〜、もっと早くやってよぉ〜」

「気休め程度だからね、数分もすると元に戻るよ」

　あと熱気の中だと、水の精霊があんまり協力的じゃないんだよね。

「高月《たかつき》くんは、暑いのって平気なの？」

　火の国の国家認定勇者《グレイトキース》となったさーさんが、俺の近くにやってきた。

「明鏡止水スキルを使うと、そんなに気にならないよ」

「そっか。私は暑いのが好き」

　その言葉の通りさーさんは汗一つかいていない。蛇女族《ラミア》は暑さに強いようだ。

「あー、また暑くなってきた。もう、髪が汗でくっついて鬱陶しいわね」

　フリアエさんはずっと文句を言っている。

「もう無理！　脱ぐ！　全部脱ぐ！」

「駄目だよ、るーちゃん。前に運転手さんがいるし！」

　ついに服を脱ぎだしたルーシーをさーさんが止めている。この荷台を引っ張っている大きな鳥を操っているのは、魔物使い《テイマー》のお姉さんである。見た目は一般人だが、実際は軍人さんらしい。やっぱり、軍事国家の火の国《グレイトキース》が依頼人だからか、案内人も軍人さんだ。それから半日以上、馬車に揺られることとなった。

◇

「ここが目的地？」

到着したのは、砂漠の中に突然現れた大きなオアシスに造られた街だった。俺たちが乗ってきたのと同じような荷台が沢山並んでいる。

「こちらはトバモリの街といい火の国《グレイトキース》の交易の要所となっております」

案内人兼魔物使い《テイマー》のお姉さんが教えてくれた。なるほど、だから馬車が多いのか。

「宿は手配しております。どうぞ、こちらへ勇者アヤ様」

お姉さんに連れられ、俺たちはオアシスの中心に位置する湖のほとりにある宿屋へやってきた。宿屋といってもマッカレンにあるような冒険者宿ではなく、シミひとつない白亜の壁で囲まれた美しいリゾートのような宿泊施設だった。

「「「「ようこそいらっしゃいました、勇者アヤ様とその御一行の皆様」」」」

宿の前では、ぱりっとしたスーツ姿の執事とメイドたちがずらりと並び、出迎えてくれた。

「あ、あの……ここって……」

「古竜《エンシエントドラゴン》退治に向かわれるという勇者様のため、この街で一番の宿を手配いたしました。お仕事の邪魔にならないよう、貸し切りとなっております」

「えっと……料金は……」

「勿論《もちろん》、全て火の国持ち《グレイトキース》です。アヤ様は古竜《エンシエントドラゴン》討伐に集中してくださいませ」

「は、はーい……」

さーさんが宿の豪華さにビビっている。随分なVIP待遇だ。流石《さすが》は勇者様。

俺たちは背筋をピンと伸ばした宿屋の案内人に、部屋まで通された。


「うわ、広っ」

ルーシーの声が響く。案内された部屋は当然のようにスイートルームで、笑ってしまうくらい広かった。広いだけじゃなく、ベッドやソファー、飾ってある絵画なども全て高級な品だとわかった。

「ねぇねぇ、高月くん。こんな部屋を使っちゃっていいのかな？」

さーさんが、くいくい俺の服を引っ張る。

「商業の国《キャメロン》の宿屋も、これくらいじゃなかった？」

「あれは、高月くんのために用意された部屋だし！　こっちは私用でしょ？　何か恐れ多いというか……」

どうやら、自分のために用意されるとなると穏やかではいられないらしい。気持ちはわかる。

「ねぇ、アヤ～！　フーリ！　見て見て、プールがあるわよ！」

「『プール!?』」

水が貴重なはずの砂漠のオアシスでなんて贅沢《ぜいたく》な……。確かに、広い庭に大きなプールが備え付けてあった。

「泳ぎましょうよ！」

と言いながらルーシーが服を脱いでいる。おい、まさか裸で泳ぐわけじゃないよな？

と心配していたら、部屋に水着が用意されていた。

「私も泳ごうかなー、ふーちゃんも行こうよ」

さーさんも泳ぎたいようで、水着を選んでいる。

「えぇ……、私も……。水着になるの……？　それはちょっと……」

戸惑っているのは、フリアエさんだ。ちらちらと俺のほうを見てくる。何やねん。

「もしかして、フーリ、マコトの前で水着になるのが恥ずかしいの？」

「へぇ～、ふーちゃんて意外に初心《うぶ》だねー」

「なっ！　悪いの！　さっきから私の騎士がこっちをいやらしい目で見てくるのよ！」

とんでもないことを言われた。言いがかりも甚だしい。

「フリアエさんの水着には興味ないから、俺は街を散策してくるよ」

そう言って出かけることにした。女の子たちも、男の俺がいては着替えづらいだろうし、という紳士的配慮だ。

「待ちなさい、相変わらず自由行動ね、マコト」

「高月くん～、一緒に泳ごうよー」

あっという間に、ルーシーとさーさんに捕まった。

「あんた、私がこんな無防備な姿になるっていうのにどこに行く気なの！　呆《あき》れた守護騎士だわ！　ここに居なきゃ、許さないわよ！」

フリアエさんにまで怒られた。見ちゃ駄目なんじゃ、なかったのかよ。結局、皆でプールに入ることになった。


「はぁ～、気持ちぃ～」

真っ赤な水着を着たルーシーは浮き輪でプカプカ浮いている。気持ち良さそうだ。灼熱《しゃくねつ》の旅でへばっていたルーシーにとってオアシスのプールは天国だろう。

――ザパン！

と大きな水飛沫《みずしぶき》が上がったほうを見ると、水玉の水着を着たさーさんがイルカのように大きくジャンプしていた。泳ぎ上手過ぎだろう……。流石は蛇女族《ラミア》。

「えぇっと……、どうすればいいのかしら……？」

おっかなびっくりプールの中を歩いているのは、フリアエさんだ。どうやら、泳ぐのは苦手らしい。ちなみに、どんな水着なのかは俺からは見えない。

「ねぇ、ふーちゃん。泳ぎ方を教えるよ！」

すすす、と魚のようにさーさんがフリアエさんの近くにやってくる。

「アヤだと上手過ぎて参考にならないでしょ。私が教えるわ……って、あら？」

ルーシーもやってきて、何かに気づいたようだった。

「ふーちゃん、服を着たままなの？」

「それじゃ、身体《からだ》が浮かないわよ」

「えぇっ！　そうなの？」

どうやら水着が恥ずかしかったフリアエさんは、水着の上に服を着たままプールに入っていたらしい。そりゃ、泳げないわ。

「なーう、なーう」

「お、ツイは泳げるのか」

黒猫《ツイ》ですら、パシャパシャと器用にプールで犬かきしている。猫って水嫌いじゃなかったっけ……？　異世界は異なるのだろうか？

「ほ～ら、脱がせてあげるわフーリ」

「待って、魔法使いさん、自分で脱げるから！」

「そんなこと言って、いつまでも脱がない気でしょー。私が身体を押さえておくからるーちゃん、脱がしちゃって」

「オーケーよ、アヤ。観念しなさい、フーリ」

「放して、戦士さん。駄目、そんな無理やり脱がされると水着まで取れちゃう……あっ、ちょっと本当に駄目……」

プールの中央では、絶世の美女のフリアエさんが、美少女のルーシー、さーさんに取り押さえられ、上着を脱がされるという見目麗しい状況になっている。

（マコトも交れば？）

女神様《ノア》から、ろくでもない助言《アドバイス》を賜った。

（わかってないですね、ノア様。可愛《かわい》い女の子だけで絡んでるから美しんですよ。あれは男が入っちゃ駄目な空間ですよ）

（その悟ったような声がムカつくわね……）

女神様《ノア》にはご理解いただけなかった。

「ギャァ――!!　脱げる、脱げるから！」

「よーし！　これで水着になったわね！」

フリアエさんが色っぽくない悲鳴を上げ、ルーシーがフリアエさんから脱がせたTシャツを手に持っている。

「返して！　返して！」

フリアエさんがパシャパシャ抵抗しているが、さーさんが「駄目だよー」と放さない。

ラミア女王《クイーン》のさーさんの力にかなうはずがない。

「マコト、パス！」

ルーシーがフリアエさんの服をこっちに投げてきた。ぱしっとそれをキャッチする。

水で濡《ぬ》れた服は、重かったので「水魔法・脱水」で、服を乾かした。

それを畳もうとした時、気づいた。

「あれ？」

服に何かが絡みついている。それは、紫の布だった。服とは別になっており、二つの大きなお椀《わん》のような形をしていた。

「「あ」」

先に気づいたのは、ルーシーとさーさんだった。一拍遅れて、俺もそれが何か気づいた。

——服と一緒に外れてしまったフリアエさんの水着だった。

俺がフリアエさんのほうを振り向く前に、

「全員眠れぇー！！！！」

彼女の放った魔法『睡魔の呪い』によって、俺たちは眠りに落ちた。

水中で眠るのは危険では……、と思う暇もなかった。


「…………ごめんない」

「…………悪ふざけが過ぎました」

気がつくと、俺はソファーで寝かされていた。そして、部屋の真ん中でルーシーとさーさんが正座をさせられている。

怒りの表情で、フリアエさんが足を組んで二人を見下ろしている。超・ご立腹だ。

どれ、仲裁しなければと三人に近づいていくと。

「でも、別にいいじゃない。減るもんじゃないし」

「ねー、折角可愛い水着だったのに」

「あんたらねぇ！」

そんな会話が聞こえてきた。どうやら、ルーシーとさーさんはあまり反省してないようだ。フリアエさんのこめかみがピクピク動いている。

「ルーシー、さーさん。ちゃんと謝るように」

俺がそう言うと、最初に反応したのはフリアエさんだった。

「わ、わ、私の騎士!?　目が覚めたの！」

真っ赤な顔で、後ずさられた。

「フリアエさん？　どうしたの、顔が赤いよ」

「誰のせいだと思ってるの！　もうプールは、懲り懲りよ。買い物に行くわ、付き合いなさい、私の騎士」

「へい、姫」

主君の命令なので、おとなしく頷《うなず》く。

「えぇ！　フーリだけズルい！」「私も！　私も！」

「あんたたちは罰として留守番！」

ルーシーとさーさんは、非難の声を上げたがフリアエさんに一蹴された。

さっきのプールでの不祥事があるので、強くは言えないようで二人は「くぅ」と悲しそうな顔をして項垂《うなだ》れた。


「服を買いに行くわ」

オアシスの街に買い物に出かけた最初のフリアエさんの言葉だ。普段着の黒っぽいドレスは、やはり暑いらしい。服を売っている店に次々入っていく。

「〜〜〜♪」

フリアエさんは、鼻歌を口ずさみながら服を選んでいる。

最初に火の国《グレイトキース》に来た時は、「こんな露出が多い服、着れないわ！」とか文句を言っていたが、今ではすっかりお気にめしたようだ。

お国柄なのか、火の国《グレイトキース》の服は派手でひらひらとしている。それを人族で最美の月の巫女《みこ》である、フリアエさんが着ると店中の人が振り向いて見ていた。

結局、三十着以上を試着して、そのうち七着を購入した。

「買い物って楽しいわね、私の騎士！」

「姫の機嫌が直って良かったよ」

「私は最初から機嫌が良いわよ」

などと、出かける前と全然違うテンションで歩いている。

その後、休憩に南国のフルーツで作ったドリンクを飲み、街の特産品だという甘味《スイーツ》を食べて戻る頃には夕方になってしまった。

フリアエさんには大変満足いただけたのだが、留守番していたルーシーとさーさんの機嫌がすこぶる悪くなっていて、二人の機嫌を直してもらうのが大変だった。

◇その夜◇

「古竜《エンシエントドラゴン》が出るのはこのあたりですか？」

俺は行きの御者をしていた魔物使《テイマー》いのお姉さんに尋ねた。彼女は、今回の古竜《エンシエントドラゴン》討伐の冒険の案内人でもある。

「はい、その通りです。古竜《エンシエントドラゴン》が出現するようになったのは、ここ半月の話です」

ちょうど砂竜《サンドドラゴン》を倒したのがその時期だ。まさか、そんな影響が出てしまうとは。

「この街には冒険者ギルドはないの？」

ルーシーがした質問は、俺も疑問に思ったことだ。

「勿論《もちろん》、冒険者ギルドはありますし、街の治安を維持する神殿騎士団《テンプルナイツ》も駐屯しています。しかし、魔物や盗賊くらいなら相手にできますが、古竜《エンシエントドラゴン》相手では全く歯がたちません」

そりゃそうだ。この街よりずっと大きな水の街《マッカレン》ですら、古竜《エンシエントドラゴン》に襲われ全滅を覚悟したのだ。

「よっし！　じゃあ、出てきたところをやっつければいいんだね！」

腕まくりをするさーさんが頼もしい。

「アヤ様の武闘大会でのご活躍を拝見しておりました……、まさか近くで見られるなんて」

魔物使い《ティマー》のお姉さんがうっとりとしている。火の国の戦士《グレイトキース》にとって武闘大会の優勝者というのはとてつもなく神聖な存在らしい。というわけで、お姉さんはさーさんにぞっこんだ。

さて、あとは古　竜《エンシエントドラゴン》の登場を待つだけだが。

「私の騎士、今夜は古　竜《エンシエントドラゴン》は現れないみたいよ？」

「「「「え？」」」」

フリアエさんの言葉に全員が振り向いた。

「姫、どういうこと？」

「未来が視《み》えたの。夜明けまで待って、今日は出てこなかったね、って疲れた顔で言ってる戦士さんの姿が視えたわ」

ええ……。今日は古　竜《エンシエントドラゴン》現れないの？

「あの、お姉さん。古　竜《エンシエントドラゴン》はどれくらいの頻度で現れるんですか？」

「えっと……三日に一回……くらいです」

それは最初に言おうよ！　どうやら古　竜《エンシエントドラゴン》討伐は長期戦になりそうだ。

「じゃあ、私は帰って寝るわ。おやすみなさい」

フリアエさんは、ひらひらと手を振って宿に向かっていった。自由人め。

「あの……、彼女の未来視は絶対に当たるのでしょうか……？」

魔物使《テイマー》いのお姉さんが不安そうな顔で、尋ねる。

「ふーちゃんの未来視ってよく当たるよね？」

「でも、外れる時もあるんだよなぁ……」

未来は絶対ではない。つまり……、

「多分、今日は古竜《エンシエントドラゴン》が出てこないけど、念のため待つしかないと……」

「「えぇ～」」

ルーシーとさーさんが、げんなりした顔をする。お姉さんが泣きそうな顔になる。

「順番に見張りをしましょうか」

「は、はい……ありがとうございます」

俺の提案で、二人一組で交代し、古竜《エンシエントドラゴン》が出現しないか、見張りを夜通し行った。

そして、フリアエさんの未来視通り――――古竜《エンシエントドラゴン》は現れなかった。

◇

「私の騎士。ここの朝食美味《モーニングおい》しいわね！」

朝からフリアエさんのテンションが高い。一人だけぐっすり睡眠を取れたからだろう。

ルーシーとさーさんは、眠そうだ。無論、俺も眠い。が、初めて来た街で寝てばかりというのはRPGプレイヤーとして許されない。

(いや、疲れてるなら休みなさいよ)

女神様《ノア》からのツッコミが入るが、俺は止められない。

「俺は街の探索に出かけようかな」

「マコト出かけるの？　じゃあ、私も一緒に行くわ」

「高月《たかつき》くん、私も行くよ！」

俺の言葉に、ルーシーとさーさんが乗ってきた。が、割り込む人がいた。

「申し訳ありません、アヤ様。この街の領主が、火の国《グレイトキース》に新しく着任された勇者であるアヤ様に挨拶がしたいとパーティーに招待されておりまして……」

魔物使い《テイマー》のお姉さんが申し訳なさそうに、さーさんに告げた。

「えぇっ!?」

さーさんが悲しそうな顔をするが、勇者として挨拶くらいはしておくべきだろう。多少抵抗していたが結局、魔物使い《テイマー》のお姉さんに連れられて行った。

「じゃあ、今日は私と出かけるわよ！　マコト」

ルーシーに手を引っ張られる。フリアエさんはどうするんだろうと、ちらっと視線を向けるとゴロンとソファーに横になって、黒猫《ツイ》と遊んでいた。

「外は暑いし、休んでるわ。いってらっしゃい」

と手を振っている。出かける気はなさそうだ。というわけで、本日はルーシーと街を散策《デート》することとなった。

「暑いわね……」

外出して数分で、ルーシーがうんざりした声を上げた。

「どうする宿に戻る？」

俺たちが泊まっている高級宿は、昼間でも冷房魔法がかかっておりとても過ごしやすい。

「嫌よ！　すぐ戻ると負けた気がするじゃない！」

ルーシーがよくわからないことを言う。しかし、暑がりのルーシーに炎天下は辛《つら》そうだ。

「湖にでも行かない？　多少は涼しいかも」

「そうかしら……、この熱気だと水も茹《ゆ》で上がってるんじゃない？」

「ここに居るよりマシだろ？」

懐疑的なルーシーを強引に引っ張り、オアシスの中心にある湖までやってきた。

湖には、自由に入って良いみたいで家族連れやカップルの姿がちらほら見えた。

俺たちもそれに倣って、靴を脱いで素足になり湖に入った。

「わ、冷たい」

「本当だ」

予想に反して湖の水温は低く、暑い空気で火照った身体《からだ》を冷ますのに最適だった。

「マコト！」

ルーシーが、湖の水を手で掬《すく》って俺にかけてきた。ほう、俺に水で挑むとは。

「水魔法・水鯨」

ザパ――――ン！！！　と巨大な水魔法でできた鯨が出現し、「キャアアアア！」

ルーシーがそれに巻き込まれた。あ、まずい。慌ててルーシーを回収する。

「何するのよ!!」

ルーシーにぽかぽか叩《たた》かれた。もっとも顔は笑っていて、怒ってはいない。

「そうだ、ルーシー。久しぶりにあれをやろう」

「え？」

俺はルーシーの手を摑《つか》むと、水魔法の水面歩行と水流を用い、水上をジェットスキーのように進んだ。

「わぁ！　懐かしい。水の街《マッカレン》で移動に使ってたやつね」

「ああ、水の街《マッカレン》のゴブリン退治の時な」

「ゴブリンの掃除屋《ゴブリンクリーナー》だっけ？」

「その二つ名は忘れろって」

そんな雑談をしながら、俺たちは湖の中にいくつかある小島の一つに上陸した。その小島には、ヤシの木のような木が多く生えていて、ちょうど涼める木陰があった。

俺とルーシーは、その木陰に寝転んで休憩した。

灼熱《しやくねつ》の太陽の光は燦々《さんさん》と降り注いでいるが、木陰に入るとカラッとして涼しい。

心地いい……。このまま寝てしまいたい。俺の瞼《まぶた》がゆっくりと閉じようとした時、身体に何かがのしかかる感触があった。「なんだよ、ルーシー寝相が悪いな」と言おうと目を開くと、目の前にルーシーの顔があった。

「マコト……」

「ルーし……むぐ」

何か喋《しやべ》る前に、唇を押し当てられた。たっぷりと長いキスをした後、妖艶に俺を見下ろすルーシーが囁《ささや》いた。

「ねぇ、マコト。ここって無人島よね？」

「そうだな。私有地かもしれないけど、誰も住んではなさそうだ」

ルーシーの胸の感触がダイレクトに伝わる。

「ここって、誰にも見られないわよね？」

「湖の岸からは、数百メートルはあるか……。『千里眼』スキルとかをわざわざ使わない限りは、見えないかもね」

ルーシーの手がゆっくりと俺の服を脱がせていく。

「……あの、ルーシーさん？」

「だって、最近はちっとも二人きりになれないし」

それはルーシーがいつもさーさんと一緒に居るからでは？

「水の街《マッカレン》の時は、ずっと二人だったけどね」

「今思うと、もったいないことをしたわ。大森林でマコトに水浴びを覗《のぞ》かれた時に、押し倒しておけばよかった……かも？」

「あの時は、そーいう関係でもなかっただろ」

随分と過激なことを言う。俺の言葉を聞き、ルーシーが色っぽく微笑《ほほえ》んだ。

「でも、今はそういう関係よね？」

「一応、そうだな」

恋人同士だ。ルーシーと鼻がくっつくほどの距離で、会話する。

「大丈夫……、私が優しくリードしてあげ…………あら？」

会話の途中で、ルーシーが何かに気づいたように後を振り向いた。

俺もそれに合わせて、そちらを見るが湖しか見えない。はるか沿岸に人が集まっているように見えるが、誰かまではわからない。

「あ、アヤ……」

ルーシーの言葉を聞いて『千里眼』で岸のほうを見ると、身分の高そうな人たちに囲まれたさーさんの姿があった。どうやら、火の国《グレイトキース》の勇者をもてなす宴会は、湖のほとりにあるレストランのテラス席で行われていたらしい。

そして、さーさんがじぃ～～～っと、こっちを見ている。

「見られてるね」

「うわ……私たちを睨《にら》んでるわ」

それから、しばらくは小島で休憩して軽く買い物をして、俺たちは宿へ帰った。

宿では、仁王立ちしたさーさんが待っており、ルーシーの姿を見るや「話があるよ！　るーちゃん！」「アヤ、腕が痛い痛い！」と言って部屋に連れ込んでいた。何やら言い争いが聞こえるが、内容まではわからない。

「どうしたの？　あれ、喧嘩《けんか》？　止めなくて大丈夫？」

フリアエさんがオロオロしている。

「あー、うん」

自分が原因ですとは言いづらい。幸い三十分もしないうちに、ルーシーとさーさんは手をつないで戻ってきた。仲直りしたらしい。

◇二日目の夜◇

「さて、今日の未来視はどうかな、姫？」

俺はフリアエさんに尋ねた。

「えぇっと、……ちょっと待ってね」

フリアエさんが、眉間に皺《しわ》を寄せ考える人のようなポーズを取る。あれで、未来が視《み》えるのだろうか……？

「あ！　今日は出てきそうよ！」

「本当ですか!?」

一番大きな声で反応をしたのは昨日さーさんに謝り続けていた魔物使い《テイマー》のお姉さんだった。火の国《グレイトキース》の軍人としては、国家認定勇者に徹夜させて成果なし、というのは恐れ多いことだったらしい。

「血まみれの戦士さんの姿が視えたわ。きっと古竜《エンシエントドラゴン》と戦ったのね」

「…………え？　私、血まみれになるの？」

「さーさんが怪我《けが》するってこと？」

それはいかん。何か対策を練らないと、と思っていると。

「大丈夫、全て返り血みたいよ。戦士さんは怪我してないわ」

「よかった」

怪我はしないらしい。

「よくないよ！　高月くん！」

さーさんが嫌そうな声を上げる。まぁ、血まみれは嫌だよなぁ……。

「へ、へぇ……アヤ、頑張ってね」

「るーちゃん～、一緒に居てくれるよねぇ～？」

然《さ》りげなく距離をとろうとするルーシーをさーさんが、がしっと掴む。

「アヤ！　何で私の腕を取るの？　放しなさいよ！」

「るーちゃんは私と苦楽を共にしてくれるよねぇ～」

「血まみれは嫌よ！」

二人が騒いでいる。

今日はフリアエさんも居残りしてくれ、皆で古竜《エンシエントドラゴン》の出現を待った。昨日と同じく、二グループに分かれて、交代で見張りを行った。

いつ出るか、と緊張感をもって待機をしていたのだが……、残念ながら――古竜《エンシエントドラゴン》は出現しなかった。

「あの～、姫？」

ゆっくり空が明るくなっていく中、俺たちの視線がフリアエさんに集中する。

「し、仕方ないじゃない……、未来視は絶対じゃないし……、そもそも意識的に未来視を使うと、外れることが多いのよ！　無意識で視た未来視は、まず外さないけど」

何だその魔法。不便過ぎる。とにかく俺たちは成果のないまま二日目も終えた。

◇三日目の昼◇
「眠いわ……」「もー無理……」

フリアエさんは、慣れない夜間の冒険で疲れたらしく朝食のあと、もう一回寝直すらしい。二日続けての成果なしに、ルーシーもダウンしている。

「さぁ！　高月《たかつき》くん、今日は私と出かけるよ！」

元気なのはさーさんだけだ。流石《さすが》はラミア女王《クイーン》。基礎体力が違う。

「どこに行こっか？」

俺はさーさんに尋ねる。

「……ねぇ、私の騎士。あんたはなんで、そんな元気なのよ」

フリアエさんが奇妙な生き物を見る目を向ける。

「日々の修練だよ」

新作RPGゲームが出たら、三徹は余裕な俺に愚問を。でも、一応眠いことは眠い。

(自慢げに言うほどのことなのかしら……)

別にいいでしょ、ノア様。

「行くよー」

さーさんに引っ張られ、街に繰り出した。どこに行くのかと思ったらまさかの街の外だった。オアシスを出て、砂丘を上がったところからちょうど街全体が見下ろせる。

中に居る時は、大きなオアシスだなと思ったが外から見ると小さく見える。

マッカレンの半分くらいの大きさだろうか。

「高月くん、トバモリって綺麗《きれい》な街だよね？」

「突然どうしたの？　さーさん」

急な話題に俺が尋ねると、さーさんが言葉を続けた。

「ここの街って、交易と観光で成り立ってるんだって。だけど、古竜《エンシェントドラゴン》が出現するようになってから、街に立ち寄る商人が減って、観光客はぱったり来なくなったんだって……」

「そっか……」

街には活気があるように思ったが、本来はこんなもんじゃないらしい。

「昨日、街の領主さんや、商業組合長さんから古竜《エンシェントドラゴン》をなんとかしてください！って何回も言われて、頑張りますって答えたんだけど……重圧《プレッシャー》でさ」

「さーさん……」

普段は、いつも通り元気に振る舞っているから気づかなかった。どうやら少しナイーブになっているらしい。

「それにね。案内してくれてる魔物使い《テイマー》のお姉さん。家が貧乏だけど、妹弟が多くて家族を飢えさせないために出世したいらしいんだけど、その出世が今回の冒険の成功にかかってるって聞いちゃって」

「そ、そうなんだ……」

道理でさーさんの機嫌を常に気にしていたわけだ。彼女の査定がかかっていたらしい。

曲がりなりにも数日一緒に冒険をした仲だ。こういう身近な人の人生がかかっているというのが一番重い。

「高月くんは、勇者の先輩じゃない？　こんな時ってどうしてるの？」

難しい問題だな。

「俺の場合は……」

これでも水の国《ローゼス》の国家認定勇者をやって、それなりの冒険をこなしてきた。自分の経験を振り返る。勇者として最初の仕事は……太陽の国《ハイランド》で獣人族の反乱や魔物の暴走《スタンピード》を防いだことだろうか？　でも、あれは成り行きで月の巫女《みこ》さんの守護騎士になったり、太陽の騎士団と一緒に行動したからで悩む暇はなかったし……。

次は水の街《マッカレン》が、古竜《エンシエントドラゴン》と魔物の暴走《スタンピード》に襲われた事件。しかし、水の街《マッカレン》は自分の拠点がある街だ。考える間もなく巻き込まれていた。

最近だと木の国《スプリングローグ》で魔王の復活を防いだこと。これに至っては、水の女神様《エイル》からの神託でもあり悩む選択肢などなかった。

（マコトの勇者稼業って巻き込まれてばっかりね）

ノア様にもツッコまれる。言われてみると、成り行きばっかりだ。しかし、さーさんにそれを伝えても仕方がない。

う、うーむ、何か先輩として助言、助言……。冒険やってて、注意が必要なことは……。

そう言えば、ソフィア王女に今回の冒険の報告に行ったら「私も一緒に行きたいのですが……」としょんぼりしていた。仕事が溜《た》まっているらしい。

「ソフィア王女にお土産買わなきゃなー」

そんな事を呟《つぶや》くと、さーさんがじとーっとした目になった。

「そう言えば高月くんって、依頼してくるのが恋人のソフィーちゃんだもんねー。重圧《プレッシャー》なんて感じるわけないよねー」

しまった、失言。

「なんか、美味《おい》しいものでも食べに行こうよ。ここにずっと居ても暑いしさ」

「あー、露骨に話題を逸《そ》らしたー」

当然のようにツッコまれたが、さーさんも街に戻ってどこかの店に入るのは同意してくれた。何かいい店はないかなと探していたところ。

「勇者様！　何かお探しですか!?」

「ご案内いたします！」

「どうぞこちらへ！」

あっと言う間に、領主の部下を名乗る人々がさーさんの前に現れて高級な店に案内してくれた。

「支払いは全てこちらで済ませますので、ご自由にご注文ください」

そう言って案内の人は去っていった。

「「…………」」

俺とさーさんは、何かを言う間もない。確かにこれは重圧《プレッシャー》だ。結局、店の雰囲気に負けてしまい俺たちはあまり食べることができずに、店を出た。

四六時中この調子は疲れる。一計を案じた俺は、さーさんに『変化《へんげ》』スキルを使ってもらうことにした。

現在のさーさんはエルフの女の子の姿をしている。

「何でエルフなの？」と俺が聞くと、ルーシーといつも一緒にいるから一番イメージしやすいらしい。

「るーちゃんの身体《からだ》のことなら、どこが一番感じやすいかまで全部知ってるからね～」とのことだった。それは知り過ぎだろう。

おかげで領主の配下の人から、過剰な接待を受けることがなくなった。

しばらく俺とさーさんは、買い物をしたり街をぶらぶらと散策したりした。

そして、裏路地にあった小さな酒場に入った。チーズとハムの盛り合わせのようなツマミを頼み、俺は麦酒《エール》、さーさんはカクテルを頼んだ。

「こーいう店に二人で来るのって珍しいよね？」

「そーだっけ？」

「うん、いつも誰かと一緒なことが多いし。デートみたいで楽しい」

さーさんの表情から、少しだけ重圧《プレッシャー》から解放されたかな？　と感じた。

流行《はや》りの店のようで、俺たち以外にも客が増え、すぐに満席になった。ちらほら冒険者らしき人たちの姿があり、会話の中に「あの古竜《エンシエントドラゴン》が……」というボヤキが聞こえた。

やはりこの街の話題として、上ってきやすいようだ。何とかしてあげたいけど、そもそも姿を現さないからなぁ。

「高月くん、そろそろ宿に戻ろっか？」

「ああ、今日こそ見つけたいな」

俺とさーさんは、会計を済ませ酒場をあとにした。


帰ってきたら、ルーシーが宿の前で立っていた。お迎えかな、と思ったがどうも様子がおかしい。眉を吊《つ》り上げて俺を睨《にら》んでいる。

「マコト！　その隣の女は誰よ！」

「隣の女…………あ」

あ、そう言えばさーさんの外見は『エルフの女の子』のままだった。

「よりによって、浮気相手にエルフを選ぶなんて！　許せない！」

怒りの観点そこなの？

「いや、ルーシーこれは……」

と説明しようとした時、隣の女の子が俺に抱きついてきた。

「高月くん、今日は楽しかったなぁ。また遊んでね♡」

と言ってさーさんが、エルフの女の子姿のまま俺にキスをした。さ、さーさん!?

「……ん……チュ…………んっ」

しかもキスが終わらない。さーさんの長い舌が俺の口内で激しく動く。

（……これがラミア族の舌技？）

頭がぼーっとしてきた。

「なっ……なっ……なっ……なっ……」

ルーシーが顔を真っ赤にして震えている。あー、何か言わないとまずい気がするけど、さーさんのキスが上手《うま》過ぎて言葉にできない。

結局、一分近くそのキスは続いた。

「……高月くん、どうだった？」

エルフの姿をしていても、少し照れて笑う顔はさーさんのそれだった。

「……気持ちよかったです」

何かを忘れている気がするが、とりあえず俺は正直な感想を述べた。

ん？　隣で膨大な魔力《マナ》が膨れ上がっている。

「このクソ浮気男！　火弾《ファイアボール》ぅぅぅ！」

激高したルーシーが、家ほどの大きさの火弾《ファイアボール》を発動した。やべぇ！

「るーちゃん、待って！　私、わたし！」

慌ててさーさんが元の姿に戻る。

「えっ、あれ？　アヤ？　何でエルフの姿になってるのよ」

「ルーシー、まずはその火弾《ファイアボール》をしまえ！」

あわや宿屋を吹き飛ばすところだった。

◇三日目の夜◇

「今日はきっと古竜《エンシエントドラゴン》が出るわ！」「よーし！」

フリアエさんの言葉にさーさんが腕まくりしている。魔物使い《テイマー》のお姉さんの話だと、三日に一回の頻度で出現するらしいから、確率的にいっても今日現れる可能性が高い。

「フーリ、ちなみにどんな未来が視《み》えたの？」

「えっとね、昨日に引き続き戦士さんは血まみれね。あと、魔法使いさんも一緒みたい」

「ええっ！　私も血まみれなの!?」

「安心して、全部返り血みたいだから怪我《けが》はしてないわ」

「そもそも血まみれが嫌なんだけど、ふーちゃん！」

「何で私までぇ～」

ルーシーとさーさんは、揃《そろ》って嫌そうな顔をしている。そりゃそうだろう。

「俺は？　姫」

「前に言わなかったっけ？　私の騎士の未来って全く視えないのよ」

そう言えば俺はノア様の敬虔《けいけん》な信者だから、未来が見えづらいんだっけ。

（良いことよ、マコト）

そうですか？　フリアエさんに俺も未来を視てもらいたいんですけど。

（そんなのなくたって、私が導いてあげるわよ）

むん、と胸を張る女神様《ノア》。可愛《かわい》い。

にしても、今日こそ古竜《エンシエントドラゴン》に出て欲しいな、と考えていた、その時。

突然空が暗くなった。

雲が出たのかと思ったが、違う。

大きな生き物の影が、ゆっくりと俺たちの頭上を通り過ぎた。ズシン……と音が響き、巨大な竜が静かに砂漠に降り立った。

「あれが……？」

「はい。……古《いにしえ》より火の国《グレイトキース》に住まう古竜《エンシエントドラゴン》・翡翠竜《ひすいりゅう》です」

その竜は美しい深緑の鱗《うろこ》を持った巨大な古竜《エンシエントドラゴン》だった。静かに目を閉じて横たわっている。

「あの古竜《エンシエントドラゴン》は何をしているんでしょう？」

「わからないのです。街を襲うわけでもなく、三日に一度くらいの頻度で姿を現します。街の住人はすっかり怯《おび》えており……」

「どうする、マコト。私の魔法で先制攻撃をしかける？」

ルーシーが杖《つえ》を構える。そうだな……。

「もう少し近づいてみようか」

水の街《マッカレン》の時と異なり、今回の古竜《エンシエントドラゴン》は街に攻撃をしかけているわけではない。今も寝ているだけのように見える。俺たちは、ゆっくりと巨大な古竜《エンシエントドラゴン》に近づいていった。

古竜《エンシエントドラゴン》との距離をゆっくりと詰める。俺たちと古竜《エンシエントドラゴン》の距離が三十メートルを切ったくらいまで近づいた時。

——冒険者カ……。

低い声が空から響く。誰の声なのか、一瞬理解ができずそれが古竜《エンシエントドラゴン》のものであると、一拍遅れて気づいた。

「我ヲ倒シ名ヲ上ゲルコトヲ望ムカ……、命知ラズナ冒険者ヨ。ヨカロウ、相手トナロウ」

古竜《エンシエントドラゴン》の周りに魔力《マナ》が集まるのを感じる。くそ、戦いは避けられないのか！

「私は火の国の勇者《グレイトキース》佐々木《ささき》アヤ！　恨みはないけど、貴方《あなた》をやっつけるよ！」

そう言ってさーさんが、己の闘気《オーラ》を高める。ラミア女王《クイーン》の闘気《オーラ》は、そこらの竜なら逃げ出すほどの圧迫感だ。しかし相手は千年以上の時を生きてきた古竜《エンシエントドラゴン》。全く動じていない。

さーさんが、慎重に古竜《エンシエントドラゴン》と距離を詰める。切り札の『無敵時間《スーパースター》』はまだ使わない。あれは時間制限がある。やるなら、相手の戦力を見極めてからだ。

「王級火魔法・不死鳥《フェニックス》」

ルーシーが王級魔法を詠唱している。炎の不死鳥《フェニックス》の大きさは、巨大な古竜《エンシエントドラゴン》にも引けを取らない。以前、太陽の国《ハイランド》で見た時よりさらに大きくなっている。ルーシーの魔力《マナ》量も留《とど》まるところを知らないなぁ。さーさんと違い『進化』しているわけでもないのに成長が止まらない。

「若キエルフヨ。ソノ歳《とし》デ大シタ魔法使イダ」

古竜《エンシエントドラゴン》さんも褒めている。

「私の騎士はどうするの？」

フリアエさんに聞かれた。なんか、さーさんとルーシーだけでもいけそうな気がするけど、それは駄目だろう。俺は一応パーティーのリーダーだ。

先日、精霊化した右腕を上に上げる。まだ、扱いに不安が残っているんだけど……、ゆっくりと魔力《マナ》を練り上げる。暴走させないように……。

ゆっくりゆっくりゆっくりゆっくりゆっくりゆっくりゆっくりゆっくりゆっくり……。

――××××××××？（呼んだかしら？）

俺の右腕に絡みつくように、蒼《あお》い肌の少女が現れた。水の大精霊《ウンディーネ》だ。最近は、よく来てくれる。そしてドロリとした濃密な魔力《マナ》が場に溢《あふ》れる。

「あっ……あぁ……息が……」

「ちょっと、貴女《あなた》大丈夫？」

後ろに居た魔物使い《テイマー》のお姉さんが、魔力《マナ》酔いになったのか膝をついており、フリアエさんが介抱している。

「××××××××××（水の大精霊《ウンディーネ》さん、君の身体から発する魔力《マナ》を抑えられないかな？）」

俺が精霊語でお願いをすると、水の大精霊《ウンディーネ》は困った顔をした。

「×××××（これより弱くはできないわ）」

この尋常ではない魔力《マナ》が、最小らしい。この辺の細かい調整ができないのが精霊使いの難点だ。先ほどまで、よく見える星空だったのがあっと言う間に分厚い雲に覆われてしまった。

ぽつりと、雨まで降り出した。間違いなく水の大精霊《ウンディーネ》の影響だ。ルーシーとさーさんは、呆《あき》れたようにこっちを見ている。天気まで変えるつもりはなかったのだけど……。

仕方ない、このまま戦おうと思った時だった。

「待テ待テ待テ待テ待テ待テ！　ソナタ精霊使イカ!?」

さっきまでの威厳のある声とは正反対の、慌てふためいた声が響いた。

一瞬、誰？　と思ったが、どうやら目の前の古竜《エンシエントドラゴン》が声の主のようだ。

「一応、そうですけど」

「水ノ精霊使イ……水ノ大精霊《ウンディーネ》……ノ使イ手……」

古竜《エンシエントドラゴン》が小さく震えはじめた。何だ？

「高月《たかつき》くん！」

「ねぇ、マコト。古竜《エンシエントドラゴン》の様子が変よ？」

さーさんとルーシーが、ぱっと俺の近くに寄ってきてくれた。ルーシーは、魔法の詠唱を中止している。

「そうだな……、水魔法が苦手なのかな？　試しに水の大精霊《ウンディーネ》に何か攻撃を……」

俺がそう口にした時だった。

「降参スル！　命ダケハ見逃シテクレ！」

「「「……………は？」」」

今度こそ俺たちは開いた口が塞がらなかった。

◇

「千年前ヨリ古竜《エンシエントドラゴン》族ニ伝ワル話ダ。水の大精霊《ウンディーネ》ヲ操ル精霊使イダケハ敵ニ回スナト」

古竜《エンシエントドラゴン》さんはそんなことを言った。

「何でですか？」

「知ラヌ。知リ合イカラ聞イタダケダ。我ヨリ強イ同族ガ、震エテオッタ」

「へぇ……」

古竜《エンシエントドラゴン》にそんな恐怖心を与えるとは、とんでもないやつが居たもんだ。にしても千年前の精霊使いか……。

「もしかしてルーシーの曽祖父《ひいじい》さんの事じゃないのか？」

伝説の救世主アベルの仲間にして、魔弓士。精霊魔法の使い手という伝承もある。

「どうかしら……、曽祖父ちゃんは剣や弓を主に使ってて、精霊魔法はそこまでって話よ？」

そうなんだ。じゃぁ、違うのか。まあ、戦いが避けられるならそれに越したことはない。

「そもそも古竜《エンシエントドラゴン》さんは、どうしてトバモリの街の近くに現れたんですか？」

さーさんが尋ねた。確かに、それは聞かなければ。

「オアシスノ水ヲ目指シテ、砂漠魚ガ集マルノダ。ソレヲ狩ッテイタ」

「「砂漠魚？」」

初めて聞く言葉に、俺たちは首を傾《かし》げる。

「コレダ」

「わっ」「何これ？」

古竜《エンシエントドラゴン》さんが、ポイッと大きな前足で器用に体長一メートルほどの白っぽい魚をこちらに投げてよこした。砂の上でピチピチとはねた後、すいと砂の中に潜ろうとしたところを「シャッ！」と古竜《エンシエントドラゴン》の長い舌が伸び、魚を巻き取った。そのまま口の中に飲み込まれる。

そ、そういう食べ方なんだ……。

「以前ハ、砂竜《サンドドラゴン》ガコノアタリノ砂漠魚ヲ食イチラカシテオッタ。アヤツラガ居ナクナッタオカゲデ狩リガシヤスクナッタ」

「なるほど」

別に街を襲おうというつもりはなかったらしい。

「あ、あの〜、砂竜《サンドドラゴン》は私が退治しちゃったんですけど……」

「バカ！　アヤ、何で自分から言うのよ！」

「えって、でも……」

「同ジ竜族デアルコトヲ気ニ病ンデオルノカ？　戦ッテ破レタ竜族ノ報復ナド考エナイ」

「はぁ、そうですか」

この古竜《エンシエントドラゴン》、本当に話がわかるな。

「精霊使イ殿ガコノ街ニハ近ヅクナトイウコトデアレバ、今後ハ狩リヲ控エヨウ」

そんなことまで言い出してくれた。別にこの古竜《エンシエントドラゴン》は、食料を調達していただけであって何もしていない。俺は、少し考えたのち魔物使い《テイマー》のお姉さんを呼んだ。

「……な、なんでしょうか……」

お姉さんは、目の前の古竜《エンシエントドラゴン》に身体《からだ》の震えが止められないでいる。

「ねぇ、お姉さん。この古竜《エンシエントドラゴン》さんとの対話役になってくれないかな？」

「わ、私が古竜《エンシエントドラゴン》とですか!?」

お姉さんが目を丸く見開いた。これまで巨大な古竜《エンシエントドラゴン》が街の近くに度々訪れるから、恐怖の対象だったが、コミュニケーションが取れるなら話は変わってくるだろう。

翡翠竜さん曰《いわ》く、人間を襲うことはないらしい。

「ツイデダ、人族ノ街ヲ魔物ガ襲ウヨウデアレバ我ガテヲ貸ソウ」

サービスが良過ぎる。どこまでお人好《ひとよ》しなんだろうか。

「なんで、そこまでしてくれるんです？」

俺が質問すると、古竜《エンシエントドラゴン》は真剣な目で聞いた。

「その質問に答えるにはこちらから先に問おう。君の信仰する神は誰だ？」

古竜《エンシエントドラゴン》の大きな瞳が、こちらを見下ろす。

「それは……」

まさか、ノア様の信者だってバレてる？

俺の心情を読んだかのように、古竜《エンシエントドラゴン》がこちらに語りかけてきた。

「君ハ、アノ古イ女神ノ使徒ナノダロウ？　カノ女神ヲ信ズル精霊使イヲ、絶対ニ敵ニ回シテハイケナイ。ソレガ古竜《エンシエントドラゴン》族ニ伝ワル言葉ダ」

「……そう、ですか」

どうやら、恐怖を振りまいているのはノア様の使徒らしい。千年前のノア様の使徒……。精霊使い。つまり、伝説の『勇者殺し』である魔王カインのことだろう。

俺の前任者である。どんだけ恐れられてるんですか、ノア様。

（へぇ、古竜《エンシエントドラゴン》ちゃんたちの間じゃ、そういう話になってるのね〜）

ノア様の面白がるような声が響く。

（でも、よかったじゃない。おかげで平和的に解決できたでしょう？）

そうですね。いくらさーさんが強くなったとはいえ、古竜《エンシエントドラゴン》相手に戦わないに越したことはない。

その後、魔物使い《ティマー》のお姉さんが古竜《エンシエントドラゴン》と今後の連絡方法などについて話し合っている。

お姉さんはお金に苦労しているという話だったが、古竜《エンシエントドラゴン》と唯一会話できる人物となると、今後はそれなりの立場になれるだろう。幼い妹弟たちに、お腹《なか》いっぱい食べさせてください。

「これで帰れるの？　私の騎士」

「そうだね、無事に解決かな」

退治はしてないけど、問題は解決した。

「でも、私とアヤが返り血で真っ赤になるってなんだったのかしら？」

「やっぱり、ふーちゃんの占いってあてにならないね」

「ちょっと、待ちなさいよ！　私のは『未来視』であって占いじゃないの！　それにいつも外れるみたいな言い方は心外よ！」

ルーシー、さーさん、フリアエさんがわーわー言い合っている。

その時だった。

「だ、誰か、助けてくれ〜！」

砂漠の中、助けを求める声が聞こえた。見ると、馬車が魔物に襲われている。

「大変！　助けなきゃ！」

さーさんが、そちらへ向かおうとする。が、その前に古竜《エンシェントドラゴン》さんが動いた。

「フ……、早速活躍ノ場面ガ来タナ。……グオオオオオオ」

「キャァアアアアアア！」

「「「!?」」」

古竜《エンシェントドラゴン》さんが大きな咆哮《ほうこう》を上げると、魔物使《ティマー》いのお姉さんが悲鳴を上げ、馬車を追いかけていた魔物もびっくりして逃げ出した。

が、その後が問題だった。荷台を引いていた三羽の巨鳥が、竜の咆哮に混乱して好き勝込んでくる。

手な方向へ走り出した。荷台と巨鳥を結んでいた綱の留め具が外れ、荷台がこちらに突っ
「止めなきゃ！」

さーさんが慌てて荷台の真正面に立つ。

「あ、アヤ！　危ないわよ！」

というか、隣にいるルーシーのほうが危ない。

「えい」

さーさんが荷台を真正面から手で止めた。バアン、という大きな音がして荷台は多少壊れたようだが、無事に止められた。

が、問題は次だった。荷台には、荷物が山積みだった。夜で何を積んであるか視《み》えなかったが、どうやら大量の食料——何かの野菜が積まれてあったらしい。ボタボタボタボタボタボタと、赤い実が降り注ぐ。大量のトマトが荷台から降り注いできた。

「もう～なにこれぇ～」「うぇ～、べチャべチャするぅ～」

さーさんとルーシーがトマトまみれになっている。

「あ」

フリアエさんが、何かに気づいた声を上げた。彼女もまた、トマトまみれで真っ赤だ。

「どうしたの、姫」

「未来視で視たのって、これね。血じゃなかったのね」

「ス、スミマセヌ、精霊使イ殿」

古竜《エンシエントドラゴン》さんに謝られたが、彼もわざとやったわけではない。善かれと思ってのことだ。

それから荷台を運んでいた商人の人が倒れていたので、介抱した。逃げ出した巨鳥は、魔物使《テイマー》いのお姉さんが回収してくれた。

こうして無事に冒険を終えることができた。

街の民を恐れさせていた古竜《エンシエントドラゴン》は、街を護《まも》ってくれる心強い存在になった。行商の行き来は復活し、古竜《エンシエントドラゴン》を近くで見られると観光客の数は倍増したらしい。

案内役のお姉さんは、古竜《エンシエントドラゴン》との連絡役という大役で出世できたとか。

よかった、よかった。

全て解決……なのだが、さーさんの元気がない。

「はぁ……、勇者の初仕事頑張ろうと思ったけど、古竜《エンシエントドラゴン》の相手は高月くんだけで十分だったね。私って勇者の仕事できたのかなぁ」

少しさーさんが落ち込んでいたのだ。

「ちがうよ、さーさん。そもそも俺一人じゃ古竜《エンシエントドラゴン》と話すなんて怖くてできないんだから、さーさんが居たから安心して対応できたんだよ」

「そっかなぁ」

　さーさんは納得いかないように首を傾げている。

「アヤってば真面目ねぇ～。また、すぐに依頼が来るわよ」

「その時は、私の未来視に任せなさい！」

　ルーシーとフリアエさんが明るくさーさんを励ましている。

「るーちゃん、ふーちゃん……、ありがとう」

　さーさんの気持ちは晴れたらしい。しかし、一点だけ俺は言っておかないといけないことがある。

「姫の未来視、もうちょっと使いやすくならないのかな？」

「それ思ったー」「ねー」

「う、うるさいわね！」

「ま、さーさんとルーシーが血まみれになるようなことがなくてよかったけどさ」

　実は古竜《エンシェントドラゴン》と戦うより、一番怖かったのがフリアエさんの未来視だ。二人が大怪我《おおけが》するようなことがあればどうしようと思っていた。フリアエさんの未来視は、どちらかというと悪い未来を視やすいようで、心臓に悪い。

「ふん、そのうち私の未来視で全部、見通してやるわ。ついでに私の騎士を魅了で落としてやるから」

「やめなさい」「それは駄目」「許さないよ、ふーちゃん」

フリアエさんとしても、自分の能力を向上させたい思いはあるようだ。仲間に魅了を使うのはやめていただきたいが。

こうして、さーさんの勇者としての初仕事が終わった。

俺たちは火の国《グレイトキース》の王都に戻り、そろそろ水の国《ローゼス》へ帰ろうかという時、表情を硬くしたソフィア王女がやってきた。

「どうかしたの？　ソフィア」

「勇者マコト、そして皆さん。落ち着いて聞いてください」

そう前置きをして、ソフィア王女が、静かに告げた。

「北征計画の実行時期が決定しました」

その言葉に、ピリピリとした緊張感が張り詰めた。

北征計画とは俺たちの住む大陸の北方にある大地、通称『魔大陸』への遠征計画である。

魔大陸を支配するのは三人の魔王。

ついに魔王討伐の計画が実行されようとしていた。

あとがき

大崎《おおさき》アイルです。『信者ゼロの女神サマ』の七巻をお読みいただき、ありがとうございます。今回の舞台は火の国です。そして、準主役は佐々木《ささき》アヤこと『さーさん』。今作でさーさんが華麗な進化を遂げるわけですが、このネタは二巻で『アクションゲームプレイヤー』スキルを設定して以来やりたかった話なので、書くことができてとても満足です。

ストーリーとしても佳境に入り、次回は前々から言葉は上がっていた『北征計画』の話となります。六巻では封印されていた魔王がちらっと登場しましたが、次の相手は魔大陸に居る元気いっぱいの魔王です。ようやくここまで来たかという感じです。コミックガルドで連載中のマンガ版だとやっと精霊魔法を覚えたところですが。先は長い。こっちもまだお読みでない方は是非、ご一読ください。

最後に、いつも可愛《かわい》い女の子を描いてくださる『Tam-U』先生。コミカライズ二巻も楽しみにしています『しろいはくと』先生。五月発売で助かりました、担当編集のNさん。いつも多謝です。そして書籍版ならびにWeb版の読者様、今後も『信者ゼロの女神サマ』シリーズをよろしくお願いいたします。

作品のご感想、
ファンレターをお待ちしています

あて先

〒141-0031
東京都品川区西五反田 7-9-5 SGテラス 5階
オーバーラップ文庫編集部
「大崎アイル」先生係／「Tam-U」先生係

信者ゼロの女神サマと始める異世界攻略
7. 灼熱の勇者とラミアの女王

発　　行　2021年5月25日　初版第一刷発行

著　　者　大崎アイル
発 行 者　永田勝治
発 行 所　株式会社オーバーラップ
〒141-0031　東京都品川区西五反田 7-9-5
校正・DTP　株式会社鷗来堂
印刷・製本　大日本印刷株式会社

Printed in Japan　ISBN 978-4-86554-908-9 C0193

第9回 オーバーラップ文庫大賞
原稿募集中！
イラスト：KeG
紡げ、魔法のような物語！
【賞金】
大賞…300万円
（3巻刊行確約＋コミカライズ確約）
金賞……100万円
（3巻刊行確約）
銀賞………30万円
（2巻刊行確約）
佳作………10万円
【締め切り】
第1ターン 2021年6月末日
第2ターン 2021年12月末日
各ターンの締め切り後4ヶ月以内に佳作を発表。通期で佳作に選出された作品の中から、「大賞」、「金賞」、「銀賞」を選出します。
投稿はオンラインで！ 結果も評価シートもサイトをチェック！
https://over-lap.co.jp/bunko/award/
〈オーバーラップ文庫大賞オンライン〉
※最新情報および応募詳細については上記サイトをご覧ください。
※紙での応募受付は行っておりません。